週休3日
宣言

GIGA POWER

レイクサイドリゾート
水曜どうでしょうハウス
竣工 2017年 1月9日

藤村忠寿はレイクサイドリゾート水曜どうでしょうハウスに、嬉野雅道は自宅にこもって、それぞれに思索を深める時間を過ごした。距離にして100km隔たる各自の持ち場をつなぐのが、ネット上に浮かぶアパート「どうで荘」である。

水曜どうでしょうハウスで野鳥観察の刑。
──まえがきにかえて

2020年4月──

新型コロナウィルス感染抑制のため、日本全域で緊急事態宣言が発令。

鈴井貴之、大泉洋が出演するテレビ番組『水曜どうでしょう』(北海道テレビ放送)の藤村忠寿ディレクターは、ある決断を下した。


「出社するのをやめよう」

「人には会わないことにしよう」

「たったひとりで、森にこもろう」


それから数日後。

藤村は、赤平の森に居た。

『水曜どうでしょう』最新作で建てたツリーハウスの前。みずから回したカメラに向かって、ひとり語りはじめた。

「藤村でございます。

今日はですね、4月の13日、月曜日でございます。

日本中にですね、緊急事態宣言というものが出されまして、みなさま家にこもっている。

私も何十年ぶりですかね、1週間ほど家にじっとしておりまして。そうしますといろいろ考えるんですよ。

わりと家に居ることが少ないもんですから、それなりに充実というか、ふだんやらないこともやってたんですけど、いろいろ考えてですね。

もうちょっと……、人と接しないのに、楽しくて、興奮するような事態はないものかと思いましてですね。
私は一つ思い浮かびました。

じっと野鳥を観察する。
動物観察とかですね。

これなんかはですね、野の中、山の中にひとりでポツンとおりまして、動物を観察するわけですから、これは誰にもうつす心配はないし、誰にもうつされる心配もないということで。
いろいろ場所を考えたらですね、ありました。

われわれが『水曜どうでしょう』の新作でつくりました、――あ、私がつくったわけではないんですけども、この「水曜どうでしょうハウス」。こちらがあったじゃないかと。

ここは3メートルの大きな窓がありますからね。これでしたらいくらでも鳥が見放題ということで。

今回カメラを2台持ち込みまして、1台は野鳥を観察するカメラ。もう1台は……。果たしてこれからですね、ここは電気も何もございません。この中でですね、私がどうやって暮らしていくのかという、「藤村の生態」もお見せしながら、部屋にこもっているみなさまに可愛らしい小鳥たちの姿をお届けしたい、そう思っております。

今現在、14時半。私たったひとり、この山にこもりまして野鳥観察をしたいと思っております。――ひとりでカメラを回してるんですよ。うん、まあ慣れないですけれどもね、やっていきましょうか。」

そこから約3か月。

赤平の森にこもって考えた、これからのこと。

私たちはどんなふうに働き方を変え、休み方を変えるべきなのか。
どうすれば、禍を契機に社会をよくしていくことができるのか。

「成長するために休む」という提案から、この本をはじめたいと思います。

まえがきにかえて

ネットに浮かぶ架空のアパート「どうで荘」には、
ディレクター陣が暮らすツインルームがある——。

ともに旅する入居者、募集中。
詳しくは、「藤村・嬉野のHP」で検索。
http://suiyoudoudesou.com/

この本について

この本は、どうで荘文庫 巻の一『水曜どうでしょうハウスにこもって考えたこと』の上巻です。続きとなる下巻は、1年後に出版される予定です。
未知の感染症にさらされて、1年先や半年先のことすら、誰にも予想ができなくなりました。

そんな時代だからこそ、あえて「賞味期限つきの言葉」を定期刊行していくことにしました。

下巻が出版される1年後には、この「上巻」の言葉は古くなって傷んでいるかもしれません。
ディレクター陣の考えていることも、すっかり変わっているかもしれません。

それでも、今は胸をはってお届けします。
藤村忠寿が55歳を迎え、嬉野雅道が61歳となった2020年。
二人はいったい何を考えていたのか。

そして、56歳、62歳と、年齢を重ねる2021年。

二人はいったい何を考えているのか。

読者のみなさまは、ときに一緒に迷いながら、ときに道ばたで夜を明かしながら、1年間の旅路に同行していただきたいと思います。

言うなれば、上巻は旅のはじまりを告げる「前枠」。

そして、下巻は「後枠」です。

ここから1年間の生活こそが旅の本編であり、「後枠」に辿り着いたら、そこが新しいスタートになります。

一日一日、一歩一歩、進んでいくディレクター陣の活動は、藤村・嬉野の本陣サイト「どうで荘」で一緒にお楽しみください。

旅の本編と言えるD陣の一生に同行していただきます。

これから、この「賞味期限つきの本」が何冊出せるのかわかりません。
1年間がどんな旅になるかもわかりません。
それでも移動を開始しようと思います。
「旅に出ようや」を合言葉に、お付き合いください。
どうぞ、末永く。

長めの追伸――
なにが緊急事態で、なにが不要不急か。

それは、人によって違います。

この本の制作は、そんな当たり前のことに気づく作業でもありました。

藤村忠寿が見た景色を、嬉野雅道が想像し、
嬉野雅道が見た景色を、藤村忠寿が体験する。

各自の持ち場での奮闘は、発見にあふれています。
この本の最後には、「あなたの持ち場から見た景色」を書き込むスペースを用意しました。

ぜひ、あなたが過ごした２０２０年を書き込んでみてください。
そのページの写真をＳＮＳに添えて教えてください。
「＃週休３日宣言」をつけて、Ｄ陣に届けてください。

お待ちしています。

目次

恐れながらも、
ただそこに居る

嬉野雅道

P.73

『水曜どうでしょう』に慰められた／ある7月の3日間／成長するとはどういうことか／考えて考えて「NO」と言う／帰る場所としての「どうでしょう」／一旦ピリオドを打つということ／還暦を過ぎてからのリモートワーク／『水曜どうでしょう』の本音と建前／久しぶりに他人に共感した／次元の違う二つの世界／「人間としての生活」をそれでも続ける

水曜どうでしょう2020最新作
「4人だけの海外旅」を語る

嬉野雅道

P.109

悪態に癒されていく／すべてを、手放す

週休3日宣言

藤村忠寿

週休3日宣言

【藤村さんと緊急事態宣言】

水曜どうでしょうハウスで野鳥観察をはじめる

森暮らしを終える

緊急事態の期間

4/7
4/13
5/25
7/5

鈴井さんからのメッセージ

緊急事態宣言をきっかけに、電気も水道もガスもない「水曜どうでしょうハウス」に引きこもって約3か月。赤平を離れる最後の日に、森暮らしの先輩であるミスターどうでしょう・鈴井貴之さんからSNSでこんなメッセージをもらいました。

「森で生活する事は、単なる都会生活への浄化では無く、人間性の回帰だと思います。ヒトもずっと森で生きてきた。人間だけが森から離れてた。だから世の中おかしくなっている。ヒトも森へ戻れば健全な思考を取り戻すのではないでしょうか？ 早く戻って来て下さい。」

思えば、数年前からミスターさんは赤平の森にこもって、いろんなこと

「数か月間、森で暮らして野鳥を観察しよう」

を考えてきたんだと思います。今、ぼくが考えていることを一番嬉しそうに聞いてくれるのはミスターさん。

「そう、藤村さん！ そうなんですよ！」

「やっとわかってくれましたか！」

って。自分もそう感じたのを藤村が後追いで感じているから、それがもう嬉しくて。「やっとわかってくれる人が出てきた！」っていう気持ちなのだと思います。

でも、もちろんミスターさんが札幌から離れて赤平の森で暮らすようになった当時は、「自分も同じように森で暮らそう」とは思わなかった。新型コロナウィルスでの騒動があって、緊急事態宣言が出るという状況にならなかったら、絶対に「数か月間、森で暮らして野鳥を観察しよう」なんて発想は生まれなかったと思います。

緊急事態宣言が出る前は、『水曜どうでしょう』最新作の編集をしたり、日本中に出張したりと、まとまったひとりの時間なんてまったくありませんでした。どちらかといえば毎日を予定で埋めたいタイプの人間なので、「同じところにずっと居て何もしないなんて、もったいない」という考えのほうが強かったと思います。

4月に森に入った時も、「とりあえず2泊3日くらいで動画を撮影してみよう」と考えていたんですが、いざ森でキャンプ生活をはじめてみると、すっかり虜になってしまいました。「水曜どうでしょうハウスってこんなにいいところだったのか」「ひとりってこんなに気持ちが楽になるのか」と、毎日が発見だらけで、時々札幌に帰りながらも、そこから約3か月。結局7月の頭まで、たったひとり森で暮らしました。

森から帰ってみたら、これまでと世間がちょっと違って見えました。これまで30年近く「サラリーマン」をやってきましたが、これからの「働き方」とか「休み方」とかについても、新しい気づきがたくさんありました。

社会が大きく変化せざるを得ない時代だからこそ、「以前の日常」に戻るのではなく、これまで以上にいい方向に持っていくことができるんじゃないかと、前向きなことも考えるようになりました。

週休3日宣言

野鳥観察を終え、最近人に会うと、「コロナ後の世界について」みたいなことをよく聞かれます。ぼくが今、シンプルに考えていることは「週休3日」にすべきなんじゃないかなということです。

それは、森にこもっているあいだに「休み」というものを根本的に考え直したからです。これまでのような週休2日では、単なる休養や疲労回復のために時間を使ってしまって、休みがあっというまに終わってしまう。これからは、「会社のための労働」は週に3日とか4日とかでいいんじゃないかと真剣に考えています。

とはいえ、土日は家で、スマホを見ながらゴロゴロして、月曜日になったら、またしんどそうに会社に行く。その考え方の延長で「休みを増やそう!」と言われても、むしろぼくは「いらねえよ、そんな休み」ってなってしまうと思います。

休みは「成長するためのもの」

そうではなくて、「休み」を「ヒトとして成長するための休み」だととらえたい。休みの日をただ増やすということではなく、成長するために休むんだというふうに、考え方そのものを変えた方がいいと思ったんです。

ミスターさんが言うように、「都会の疲れを癒すために森で暮らす」というのがそもそも間違っている。森は「オフィス街ではできない成長ができる場所」なんです。都会での暮らしをサポートする「癒しスポット」なんかじゃない。

それと同じように、仕事の疲れを癒すためだけに休みがあるんじゃないんです。だけど、週休2日だと、「働く日」のために「休む日」は体力を温存しておこうということになってしまいがちです。自分ひとりの頭でものを考えて、実践して、また考えて、というふうにヒトとして成長しようと思ったら、週のうち3日か4日は、会社のための労働をしていない日が必要だと思います。

当然、みんながみんな森に入る必要はありません。身体を鍛えるでもいいし、本を読むでもいい。いろんな形で自分の頭で考える時間をつくり、その結果として成長する。そうして成長した力を社会に還元していくことができれば理想的なのではないでしょうか。

まずはできるところから

もちろん、ぼくもローカル局に勤めるサラリーマンですから、「よし、明日から3か月森で暮らすぞ!」と、簡単にできないことは知っています。

でも、今回の騒動で出社が制限されて、ステイホームとかテレワークを体験した人は非常に多いと思うんです。そして、その働き方は思いがけず快適でした。

まずは「どうすれば、満員電車に乗らずに働けるだろう」ということを考えるところからでもいいと思います。有給休暇が残っている人なら、思い切って有給をとってみるのでもいい。

どうしても現場に出なければいけない職種もあるでしょう。でも、ふだんの仕事を「これは必要な労働なのか」と見直す目を持つだけでも、働き方は変わります。少ない労働時間で、これまでと同じ成果を上げるために何ができるのか？ 周囲の同調圧力を恐れず、理想の働き方を獲得していく工夫は、自分の考え方一つではじめられます。

自粛期間を機に、テレワークを推進したり、柔軟な働き方を認める企業も増えてきました。これまでいかに無駄な労働が多かったか。経費を減らしながら、むしろ高い生産性で成果をあげるほうが賢いということに一部の企業が気づきはじめた。そういう意味では、「週休3日」というのは、経営者にこそ考えてほしいテーマだと思います。

感染症が踏んだブレーキ

感染症対策として活動を自粛せざるを得なくなって、経済的には大きな問題を抱えています。他方、少しずつではあるけれども、これまでにない形で地球環境が改善するということも人類は体験しました。

ずっとみんな「人類、調子に乗ってないか」「活動しすぎなんじゃないか」ということはわかってきたはずなんです。でも、誰にも止められなかった。そんな時にコロナにブレーキを踏まれてしまう形で、経済活動や労働がストップした。

これは、今まで通りの暮らしをするべきなのかということを考え直す機会でもあるはずです。個人的には、24時間営業とか、年中無休というのは考え直してもいいと思う。経済活動や労働の量を適正なところまで減らしていくべきだと思います。

それで、行きすぎた労働時間を減らして休みができたら、ぼくが赤平にこもったように、一人ひとりが自分でものを考えて身体や頭を動かす時間

休みの日こそクリエイティブに過ごす

にするのがいい。ぼくは最終的にはひとりでウッドデッキをつくったりしたのですが、ああいうふうに何かをつくるでも、草刈りをするとかでも、歌をつくるでもいい。とにかくいろいろな形で「創造」してみる。

自分で野菜をつくれば農家への依存が減るし、魚を釣りに行けば漁業の人に頼らなくてもいい。椅子をつくっちゃえばニトリとかＩＫＥＡに頼らなくてもいい。ちょっとずつ自分たちで生産する時間を持つことができるようになると思います。これは、いろいろな職種の人の仕事を「奪う」ということではなく、全体として労働時間を減らしていくことで、社会を週休３日に近づけられるのではないかということです。

「ひとりでやる」時間を大切に

会社での労働と、森での時間の使い方で、決定的に違ったのは、「なんでもひとりでやる」ということです。ここがとても重要だったと思います。

森を開拓しても、ひとりであれば木を切ろうが鳥を呼ぼうが、地球環境へのインパクトは少ない。ひとりの人間が開拓できる範囲はたかが知れています。

会社から離れた休みの日の活動は、やっぱり個人で、ひとりの力でというところが大事だったと思います。もしくは、周り数人くらいの活動だったらいいけど、あくまでも「群れない」ことが大事。どんどんどんどん規模を拡大していくのではなくて、個人の半径2メートルくらいの活動域というイメージで考えたほうがいいんじゃないかなと思いました。

自分のことしか考えない時間をつくる

森で必要とされる人間力は、ふだんの仕事とはぜんぜん違うのではないでしょうか。多くの場合、仕事はひとりではなく群れで進めていくものです。一方、森でひとりキャンプをしていると、間違いなくひとりの力が試されます。デッキをつくるのもひとりだし、掃除するのもご飯をつくるのもひとりの力。ぼくは、そこに喜びを見出しました。

ミスターさんはきっと、そういうことを考えていたのでしょう。人間力というもの自体はみんな持っているはずなのに、集団で都会で暮らしてるから一人ひとりの力が削がれておかしなことになっている。それがミスターさんが書いてくれたことです。

本来の自分の力を出さずに周りと同調してばかりいるから、自分の力がどんどんなくなっていく。誰かのことを悪く言ったり、批判したり、意地悪されたり――。けれど、ひとりで活動しているとそんな暇はない。

他人という存在とほとんど接触しないし、すべて自分でやらなくてはならないから、そもそも他人を批判する時間がないよねということです。他人のことを気にしている時間もない。会社とかふだんの日常から離れた話ですから。いい意味で「自分のことしか考えない」ということが一番大事なんだろうなと思います。他人のことはいい。一日一回でもいいから、自分の力だけでやってごらん、という。ぼくらはそういう機会を得たんじゃないでしょうか。

ゆるい共感でつながる

この「ひとりで」というのは、なにも「他者との共感」がまったくいらないという意味ではなくて、他人の行動や考えに共感するのが大切なのは変わりません。だからこそ、ぼくもＹｏｕＴｕｂｅの動画として公開し続けているわけです。

ここがとても重要なポイントで、さすがのぼくでも、どこにも公開せず、誰にも観られることもなく撮影だけしていたら、あんなに嬉々として何か月もキャンプはできないだろうなと思います。

そういう意味では、これまでインターネットというものは群れるための道具に使っていたけれど、これからの使い方は考えるべきだと思います。自分のやっていることに対して共感を得る、他人の行動に対して共感する、ということは非常に大切。そのためにネットというものはある。

ひとりで活動するんだけど、世界にそのことを発信もする。そこで、ゆるく共感してもらったり共感したりする。それぐらいが、とても「楽しかった」という実感がありました。

「みんなでやろう」「絆」ということも、悪くないなとぼくは今まで思ってきたけど、それだけだと結局、ふだんやっている会社の労働と変わらなくなってくる。

みんなで合意とか、一人ひとりの役割をあらかじめ決めたりしていると、結局考えなくなる人が出てきてしまう。それだと、ただそこに参加しているという意識だけで満足してしまって自分の力を発揮できない。ひとりで何かをする時ほど深いところまではいかないような気がします。

「森だけ」「会社だけ」ではなく両方が大事

「ひとり」に加えて、「フィールドを二つ持っておく」ということも大事だと思います。ぼくだって、なにも「会社を捨てて森だけにいろ」と言いたいわけではない。これまでの会社や労働の比重を下げて、もう一つ、ぜんぜん違うフィールドを持つことが、人間にとってはとてもいいと考えているのです。

たとえば、現状の週休2日だったら「週末ちょっと旅行に行こうかな」みたいな、そういう感覚しかない。けれど、最初に書いたように、2日間だけだと「休む」ことだけに意識がいってしまって時間が足りない。なので3日とか4日、週の半分くらいの時間を取って、会社ではないもう一つのフィールドに入っていくイメージです。

「海辺で本を読むなんてかっこつけだと思っていた」

実際、欧米では1か月くらいの長いバカンスがあったりする。あれは日本人がイメージする「休暇」ではないんです、きっと。ただただ身体を休めているわけではない。長い休暇のあいだ、海辺とか、森の中とか、「もう一つのフィールド」に入ってずっと黙って本を読んでいるみたいな過ごし方。あれは自分を成長させるための重要な時間であって、そういうふうに使うのであれば1か月間ずっと読書をするというのもぜんぜんアリな話だと思うんです。

これまでぼくは「1か月も休みがあるのに本だけ読んでて、それがいったい何になるの?」「わざわざ海辺や森に来たのに、かっこつけて本を読んでる」みたいなふうにとらえていました。けれど考え方を変えてみれば、「せっかくだから1か月のあいだ、自分を成長させるために、ふだんと違う場所でひとり、本を読んでいろいろ考えてみよう」というのもぜんぜんアリだと思うんです。もちろん、読書だけではなくて、身体を鍛えるとか、ほかのことでも構いません。

休日に成長して、それを社会に還元する

ステイホーム中、新しく「どうで荘」という架空のアパートをネット上につくっていました。嬉野さんと住んでいる設定のこのサイトも、やっぱり「成長できるための休憩所」みたいなふうにしていきたいと思っています。もしこのアパートに「入居」してくれる人がいるんなら、この本は回覧板みたいな気持ちで読んでほしい。ネット上だと「出世」とか「キャリアアップ」＝成長になってしまっている場合が多いですが、ぼくらが考えていることは別のことです。会社の中での成長と限定してしまうと、それは「限られた組織の中でうまいことやる力」にしかならないと思います。

もちろん週休3日にしようと思えば、会社での実績のこともしっかり考えないといけません。これまで積み上げてきたキャリアもあるでしょう。

けれど、会社ではない場所、たとえば森の中で暮らしてみて、ぼくはこれまで考えなかったことをいろいろ考えたし、会社の仕事という見方でいえばまったく意味のないデッキをつくったりした。それは、今まで身につけてきた番組制作とはまったくジャンルの異なる作業です。

ふだん会社で必要とされないスキルを学んだり身につけたりして、会社での仕事とは別の形で社会に還元できないだろうか、とぼくは考えています。休日に個人として感じたものを社会に還元できるようにしたい。

資本主義は今後も続いていくでしょうし、無償での奉仕や贈与が新しい交換社会をつくっていくというのも、そう簡単にはいかないでしょう。ただ、労働時間とお金を交換する一辺倒の社会に、別のルートをつくることはできるかもしれません。休日に個人が得た考えやスキルを、無償で小学校や大学で教えてもいいし、ボランティアのような形で手が足りていないところを助けてもいいでしょう。

あくまでこれは、ふだんは会社で働いているという、自分も経済の仕組みの中で社会をつくっているからこそ考えられることだと思います。お金には意味がないとか、そういう話ではない。お金も経済も大事です。教育や福祉の部分にしたって、専門的なところはきちんと専門の人に任せて、それ以外の、個人がやりたいことやできることで少しずつ貢献する、還元するという循環をつくれるといいのだと思います。

お金も経済も大事

そんなに簡単に行くかよとも思うけど、今、ぼくの中で考えうる社会の一つのありかたです。週休3日とか週休4日って今までは「そんなに休んでどうするの」という考え方しかなかったけれど、新型コロナウィルスの影響で「週休3日、4日、アリなんじゃないのかな」と思う人もずいぶん増えたんじゃないかなと思います。

その上で、じゃあその休みには何をするのかという部分を、考えたい、定義づけしてみたい。休日は「身体を休めるためだけの休み」ではなくて「自分で成長するための時間」。そして、成長した部分を会社の労働力とは違う意味での労働力として社会に提供できればさらにいい。

今すぐの段階ではそこまでしなくてもいいと思いますが、個々人が能力を提供し、それが循環していけば、それは理想的なことだと思います。

労働時間を減らしても、成果は変わらない

イベントなんかをすると「D陣のように楽しそうに働くにはどうした

らいいですか」という質問を受けることがあります。「働く」ということが「楽しくないことを我慢してやる」という前提になっているから、こうした質問が出るのでしょう。

それはなぜか。やはり組織の慣習などで、あまりにも無駄なことをやりすぎているからだと思います。

森に入る前から、ぼくは嬉野さんと一緒に、仕事の中から無駄なことは極力排除してきました。たとえば会議。たいがいの会議は報告会です。それならわざわざ時間をかけてみんなで集まる必要はない。ビデオ通話で済むのであれば、わざわざ出社する必要もありません。

とはいえぼく自身、それらを「無駄だなぁ」と思っていた反面、ある意味で「必要悪」なのだととらえていた部分もあります。たいして仕事はなかったりするのに、１日のうち８時間とか10時間とか会社に居なければならない。書類なんかもほとんどは総務に直接出せばいい話だけれど、上司の仕事がなくなるからと課長の判子も部長の判子も押す必要がある。やっている本人たちも、無駄だってわかっているけれど、それをやらないと仕事がなくなる。だから長時間会議もするし、何人もの判子を押す。それが本音なのだろうと。

でも、感染症の影響を受けた社会の変化で、あまりにも長い労働時間のわりに、その中身が薄かったということが明るみに出てしまった。時間を埋めるための作業として多くの会議や打ち合わせをしていたけれど、言ってしまえばそれこそ「不要不急」のものだった。一つひとつに対してそういうふうに気づいていくことができれば、労働時間が半分以下でも同じ成果が出せるんじゃないかなと思います。

たとえば、リモートが叫ばれる1年も前から、若いスタッフには「藤村さん、zoomっていうオンラインツールがあって」とは言われていましたが、当時は必要性を感じませんでした。けれど、移動ができなくなって、zoomをやってみたら「これいいな」と。

なにしろ会議一つとっても、オンラインでは3時間も4時間も会議をしているわけにはいきません。目に見えて全員の集中力が切れてきたり、顔が疲れてくるのがわかりますから。なのでわざわざ集まって開く会議に比べて、オンライン会議はそこまで長くならない。やるのは必要な情報の共有だけ。

こんなふうに、もう定年に近いおじさんサラリーマンでさえ、「いいな」と思えたんだから、今はガラッと働き方を変えるいい機会です。まだまだ使ってないツールもあるだろうし、少なくとも「短い時間でどうやるか」という前提さえ共有すれば、これまで以上に成果を出せるかもしれません。

それっぽくやるスキルが、仕事力ではない

これまでは、会社の中で「仕事をしているようにふるまう」とか、それっぽくやるスキルが「仕事力」みたいに思われていました。

無駄だとわかっている会議の資料を一所懸命つくったり、意味のない打ち合わせをしてはエクセルやパワーポイントを使って「かっこよく」見せる能力ばかり高めてきた。一番大事なところを考えずに表面ばかりに固執して、中身はたいして関係なかったりする。それは「どうやって相手にかっこよく見せるか」とか「どうやって相手に必死感を見せるか」というスキルでしかない。

この何十年間の労働というのはそういうことだったんだと思います。「それっぽくやる」ことで、労働時間とか作業量とか、いろんな穴埋めをしていた。本当は2~3時間で終わる仕事を5~6時間とか8時間に水増ししていた。

考えてみると、「売り上げのここが原因です」という議題の時に、その話をするためだけに丁寧にグラフをつくって示してみるとか、本当に必要なのでしょうか。もちろんデータ分析自体は必要なものもあります。けれど、ほとんどの場合、そんな細かいデータをわざわざグラフに直す必要はない。そういう資料を見たこともありますけど、すごい労力だなと思いました。作成している人や指示している人にとってはたぶん、それが手間や時間のかかる「労働」なわけでしょう。「資料をつくれ」って。

でも、最終的に重要なのは資料をつくることじゃなくてお金とか価値を生み出すこと。資料をつくることに膨大な時間を使って、最終的に生み出されているものは何なのかを考えないといけない。その一回の会議で数秒読まれるだけの資料だったとすれば、結局は何も生み出していない。そういう形の労働は「もういらないんじゃないの?」と思います。

背中を押したい

ぼくの実感としては、週休3日に踏み切っても、それによる経済的なダメージはほとんどないと思います。実際に、大企業の中にも週休3日や完全テレワークに踏み切った会社が出てきています。

それでも、おそらくほとんどの企業は、これまで通りの働き方を変えたがらないでしょう。無駄な会議や作業をなくしてしまったら「これから何したらいいいんだろう」という人が上層部にたくさんいます。

必要のない企画書をつくって、無駄な打ち合わせをして、会社に居る時間を埋めている人たちにとっては、週に3日も4日も働く必要すらないのかもしれない。そして、いざ休みが増えても「じゃあ、オレは家にずっと

「あと一歩を踏み出せるようになったらいい」

いるの?」としか考えられない。そういう人たちは、はなから「生産性」や「テレワーク」のことなんて考えたくないから、排除しているのではないでしょうか。

ぼくもわざわざ、そこまで考え方の違う人を巻き込んで、「週休3日」を進めたいとは思いません。そもそもその人たちを説得できるとも思えない。でも、あと一歩で働き方を変えられそうな人の後押しはしたいと思っています。

「なんとなく藤村さんと同じようなことを思っていたんです」という人が、ちょっとずつ自分の「働き方」と「休み方」を変えられるように、その背中を押したいという気持ちはあります。

考えずに働いたほうが楽

だから、そういう人にはまず、自分で3連休をつくってみてほしい。有給を使うのでもいいし、思い切って上司に相談してみるのもいいと思います。

でも、そういうことを言うと、必ず「いや、なかなか休めないんですよね……」という反応が返ってくる。「絶対休めない」なんてことはないですよ。たいていの場合は休めないと思い込んでいる自分の問題だったりする。

「その日、14時に電話があるんです」ということだけで、1日出社する。それ以外の仕事は必ずしもその日にやらなくてもいいし、何なら会社でやらなくてもいいのに、その1本の電話だけのために、平気で満員電車で通勤して8時間会社に居る。

ぼくらは「この電話、日程をずらせないのだろうか」「電話じゃなくてメールで済ませられないのか」「そもそもこの電話は必要なんだろうか」と考えるクセをつけてきたから、わざわざオフィスに縛られることはありません。

「それは藤村さんだから断れるのであって……」というのも、よく言われるのですが、「仕事の本質はなんなのか」を考えるクセをつければ、無駄な仕事は自信を持って断れます。

厳しいようですが、「○○のせいで……」と無駄な仕事を嫌々やっている人は、そのほうが楽なのだと思います。そうすれば自分で考える必要がなくなるからです。断るためには、一つひとつの仕事の意味を考えないといけません。

「砂糖３杯」

たとえば、料理をしようという時に、レシピを見ていて「砂糖を小さじ３杯入れる」と書いてあったとします。

ここでほとんどの人は、「砂糖」を「３杯入れる」ということに注力してしまいがちです。「今、砂糖がないからできません」とか「計量スプーンやはかりがないので小さじ３杯の量がわかりません」という答えになってしまう。でも、「なぜこのレシピに砂糖が必要なのか」を考えることだってできるし、そうすべきです。甘みを出したいのか、コクを出したいのか。いったいここでの砂糖の役割は何なのか。

そうすると、「砂糖じゃなくてもいいんじゃないか」「何か代用できるも

「考えずに慌てているほうが簡単だし仕事っぽい」

のはないか」と考える方向に視点を変えることができる。甘みやコクを出すというのが目的だとすれば、「みりんで代用できるんじゃないか、みりんを入れてみるか」とか。そういうふうに、考えられることはいくらでもある。

「いや、でもレシピに書いてあるのは砂糖なんで」と、砂糖3杯のところでずっと考えてしまってはどうしようもない。ぼくはそういう「砂糖3杯」の会議にはそもそも出ません。そういう会議ではレシピ、もっと言えば料理の目的のうちの一部分しか見えていないと思うからです。「何のためにそれをやってるのか」ということが抜け落ちてしまっている。そもそもの目的を考えずに、手段にばかりこだわっている。

どうしてそうなるかといえば結局、面倒くさいからだと思います。わざわざ砂糖の代替品を考えるのは、やはり面倒くさいことです。「コクとは何か」「コクを出すにはどうすればいいか」を考えるよりも、「砂糖が3杯必要なのに、今ないんですよ」って慌ててるほうが簡単です。「藤村さん、砂糖がないんです。ちょっと会議させてもらってもいいですか」みたいな。

それが一番簡単なんです。慌てて仕事をしている感が出るし。そこで「砂糖がなくてもみりんでいいだろ」って言われると、「いや、でもやっぱり砂糖じゃないと」というふうに、「砂糖じゃなければいけない言い訳」をたくさんする。レシピに書いてあるからと。砂糖のことやコクのことについて深く考えたわけでもないのに。

森でのキャンプ中にご飯をつくっていて、砂糖がなかったら代替品でなんとかするしかない。「砂糖がないので」って会議を開いて資料をつくっている暇はない。自分でやらなければならない状況になって初めて代替案を探したり、「考える」ということに行きつく。そうすることでようやく、これまでとは違うスキルや考え方が生まれてくるんだろうと思います。それと同時に、今までの仕事の無駄さ加減にも気がついてしまったりする。

だから、森での「成長」というのは、会社でのスキルアップとかとは別物ではあるけれど、共通する「考え方」みたいなものは身につけられるはずです。けれど、ただ森に癒されるためだけに来ちゃったりすると、結局「砂糖がない」ということで慌てると思います。そして後で「砂糖がなくて苦労しました」っていう、苦労話のほうで盛り上がったり、「わざわざ休みを使って癒されに来たのに」って怒り出したりする。

「やっぱり森は不便できついですよね、大変でした」と、自分たちの価値観を当てはめて、それに合わないから「ぜんぜんダメでした」で盛り上がる。でも、「大変でしたよ」という苦労話をただ楽しむだけでは、何も学んでないし何も成長していない。

それって結局、成長しようと思ってない、それもさっきと同じ理由で、面倒くさいからだと思うんです。週休3日と言っても、「創造」ではなく苦労話を消費して終わるのでは意味がありません。

消費するのではなく創造する

HTBで働き出して、最初の5年は東京勤務で、制作とは離れた部署にいました。その時は会社での仕事に面白さを感じることができずに、仕事は与えられたことをこなして、週末はキャンプ場に遊びに行っていました。

当時のぼくの遊びは消費活動であって、自分でものを考えたり、何かを

「創造するために一旦ピリオドを打つ」

つくったりという時間にはならなかったように思います。

休みの日に、消費するのではなくて創造する。その時初めて社会に還元できるような力を成長させられるのだと思います。

『水曜どうでしょう』という番組に一旦ピリオドを打って、レギュラー放送を終えた時もそうでした。「もう、テレビから離れて遊びたい」「癒されたい」ということのために、どうでしょう班が休憩したわけではありません。

もう一つ別のフィールドで創造活動をしてみたかった。ドラマをつくったりＤＶＤの再編集をしたりという「成長するための一回休み」です。そして、その経験を『水曜どうでしょう』の新作にも還元していく。

本を出したり、ユーチューバーになったり、「どうで荘」をつくったりというのも、あくまで別のフィールドでの活動であって、ここ数年は着実にそうした働き方を嬉野さんと一緒に進めてきました。なので、言ってみれば「成長するための休み」を持つということは、これまでも実現してきたことです。

その働き方と休み方が、今回の緊急事態宣言ではっきり明確になったということだと思います。

「週休3日宣言」なんていうとギョッとされるかもしれませんが、今や多くの人に届きやすい言葉になったのではないでしょうか。

働き方を変えたい人は増えている

週休3日になったからといって、みんなが森でキャンプする必要はない。ひとりっきりでサバイバルみたいなことをすると、やっぱり自分の頭で考えますし、自然と対峙することはオススメではあります。ですが、実際に森で暮らさなくても気づける人はいます。

たとえば嬉野さんは、たぶん、まったく違う過ごし方をするでしょう。嬉野さんにとっては、頭を動かすことが創造活動ですから、コロナにブレーキを踏まれたからこそ、家でじっくり考えることもある。そんな人を無理やり森に連れていこうとは思いません。

嬉野さんは森に来なくても、YouTubeの動画を観てメッセージをしたためることで、ぼくの活動に価値づけをしてくれた。新型コロナウィルスという前提は共有しながらも、それでもそんな状況を忘れさせてくれるくらいに幸せそうに森で暮らしている「藤やん」という人を見て、当人よりもさらに深いことを考えて、それを言葉で表現してくれる。

そういう各々の役割分担こそ、たくさんの人間がいることの意味ですし、「自分にとっての成長とはなんなのか」を考えるのも大切なことだと思います。

これまでの会社とか、日本社会での働き方に馴染めなかった人の中にも、週休3日になるとイキイキしてくる人が、1割ぐらいは居ると思います。この騒動の中で、立ち止まって、自分の働き方を変えたいと思う人も増えてきているかもしれない。そういう人が2割になればいいし、3割ぐらいになればもっといい。そのくらいの、ゆるい「宣言」です。

【嬉野さんと緊急事態宣言】

3/30 YouTubeの撮影をすっぽかし大阪から札幌へ帰る

4/7

緊急事態の期間

5/25

7/9 東京で3日過ごす

恐れながらも、ただそこに居る

嬉野雅道

『水曜どうでしょう』に慰められた

20年以上前、うちの女房に突然「あなたは62歳が寿命だよ」と言われたことがありました。もちろん、なんの裏づけも、根拠もない言葉なのですが、「62歳寿命説」はずっと私の頭の片隅に居続けました。

でも、去年、還暦のイベントをやっていた頃は、まったく死ぬ気がしませんでした。「62歳に近づいてきているけれど、まったく実感はないな」と。しかし、そうこうしていた矢先、今年いきなり、世界中で感染症が流行しはじめました。

「こんなにドラマチックに来るわけ!?」と、思いました。「あと1年」ということを、けっこう真剣に考えました。今までぼんやりとしていた事柄を

恐怖で心がざわついていた

リアルに考えだすと、そこには今まで経験したことのない、えもいわれぬ恐怖がありました。

3月末、緊急事態宣言の発令がささやかれていた頃、私は仕事で大阪に居て、その後YouTubeの収録で東京に移動する予定だったのですが、私はその収録をすっぽかして大阪から直接札幌に帰りました。

その頃は、わりとドキドキしていました。「これはヤバイんじゃないだろうか」と思っていました。さらに、札幌へ向かう機内で志村けんさんの訃報に接して、いよいよ自宅に帰っても心がざわつきました。

「おっかないなぁ」と、何か子どもの頃に感じるような恐怖心があるわけです。これまでも「死ぬと人間はどうなるんだろうか」ということを、いろいろ自分で考えたりはしていたのですが、そんなものはまったく励みになりませんでした。自分で考えているんだけれど、自分でぜんぜん励みにならなかった。役に立たなかったんです。

本当に「死」とは未知のもので、自分に起こらなければわからないのだと思います。でも、それがもう起こってしまっているということは、すでに引き返す道が絶たれているわけでしょう。つまり、死っていう方向に、一方的に進んでいくしかない、そのイメージが怖かったんです。

とはいえ、そのことを誰かに言うわけでもありません。今や、自分にはお父さんもお母さんもいません。お父さんとお母さんが亡くなるという臨終だって自分は見ています。誰に相談するでもなく、しばらく心がざわざわしていました。

そういう時に、女房が録画していた「どうでしょう」を観たんです。どちらかというと女房はこれまで「どうでしょう」を観てこなかった人なのに、急に観はじめたようでした。

放送していたのは「サイコロ6」という、サイコロシリーズの中では一番盛り上がらなかった（と、私なんかは思う）回だったのですが、観ていて不思議と心が和んでいくことに気がつきました。「すげえなあ、『どうでしょう』に慰められたなあ」と感慨深く思いました。

女房も「面白い番組ね」「毎日放送したらいいのに」と喜んで番組を観ていました。本当に不思議な体験です。死に対するなんとも経験のない不安を感じながら、同時に「どうでしょう」を観ているあいだはそのことを忘れてしまう。

未知のものを恐れる一方で、「どうでしょう」に癒されてしまうという、二つの世界が人間の心にはあって、本来、人間は「どうでしょうに癒される」という世界に居るべきなんじゃないのかなって、そんなことを考えるようになっていました。

これまで自分で考えてきたことが役に立たなくなってしまって、今後の世界の中景すら見通せない状況です。新型コロナウィルスと世界のことを考える、その前提にも立てていないような気がします。

それでも、今年の初めにザワザワしていた時と今とでは、考えることも変わってきました。そのことを今から、少しだけ書いてみようと思います。

ある7月の3日間

２０２０年7月。私は、久しぶりに東京へ向かう飛行機の中に居ました。東京では、さまざまな予定を3日に詰め込んでいます。満員でのフライトは、「ディスタンス」に慣れた私を少なからず驚かせました。

札幌から離れ、会えていなかった人たちに会う。ふだんとは違う緊張もあった7月の3日間は、不思議なことに、自宅で絡まっていた私の思考をほぐしていくことになります。

ディスタンスから離れた世界へ

東京での1日目。私は友人である小松真弓さんが監督した『もち』という映画を観ました。岩手県の一関市を舞台にしたこの映画では、鹿踊（ししおどり）という、民間伝承の芸能が劇中に登場するのですが、太鼓を鳴らして踊っているシーンを観た時に、このコロナ禍にあって、私の気分がたいへんに晴れるという体験をしたのです。

芸能やエンターテインメントというものはこれまで私が思っていた以上に、生活と密接に関わり合っている。いろんな困難を乗り越えるために、その時代の人々は芸能に熱中していたのではないか。そんなことを、今更のように思いました。困難な歴史の数だけ、それに対応して乗り越えるためにお祭りや芸能が生み出されてきて、そのエンターテインメントはずっと日本人の中に残ってきたということだと思います。

伝統文化は「がんばって残さなければならないもの」だと思っていまし

た。時代が変わり、社会が豊かになっていけば、残す意味が段々失われて一つずつ消えていくんだろうというふうにとらえていました。そのように解釈をしている私の中には「困難な時代があったからこそエンターテインメントが生まれた」という考えは一つもなかった。

しかし、自分が生まれて初めて困難な時代に直面した今この時に『もち』という映画を通して、芸能やエンターテインメントの持つ役割の、まったく違う一面を感じたように思いました。もし、去年、この新型コロナ騒動よりも前に『もち』という映画を観ていたとすると、まったく違う考え方・受け取り方をしていたと思います。それほどに今の状況というのは、これまでになかったことなのでしょう。

みんなが疲弊しているこの状況で、エンターテインメントは、決して不要不急のものではないはずなのです。むしろ、祈念の踊りや太鼓のように、エンターテインメントに支えられてこそ困難は乗り越えられるのだと思います。

成長するとはどういうことか

2日目は、藤村さんと「野鳥観察」の報告会でした。会場収容の3分の1という人数でしたが、久しぶりにお客さんの前で「水曜どうでしょうハウスにこもって考えたこと」を藤やんとトークしました。

そこで藤やんが提唱したのが「週休3日宣言」。休日を成長するための時間として考え直そうという話です。

「成長する」とはどういうことなのでしょうか。そして、成長するためにはどういうことが必要なのでしょうか。

私にとっての成長とは、「自分という人間が持つ力のままで、大損をしないようになること」です。

新型コロナウィルスが流行する前から、私はこのことを人生の課題としてきました。自慢できるスキルも特別な能力もない自分が、どうやったら大損しないで得をしていくか。対応策を発見して、損をしないようにふるまう。このことを、ずっと考え続けてきました。むしろ、それを考え続けないと、私のような人間はこの社会の中で生きていけないだろうな、という危機意識だけは昔からあったのです。

「オレのありのままで、生きていく。しかも、できれば、いい目を見たい」。

オレのありのままで、得をしたい

ありのままの力に能力をプラスするわけでもなく、パワーはそのままで得をするためにはどういうふうにふるまっていけばいいのか、これは一つの課題としてずっと私の中にありました。そういうことを真剣に考えているあいだは成長は続くんだろうと思います。

藤村さんは、森に入ってサバイバルをしていますが、特別なスキルのない私にとっては、これまでの人生も十分サバイバルです。思い通りにならないことだらけだし、環境を変えるほどのパワーもないので自分が変わるしかない。

それは、私にとっては生きていくための切実な対応だったのですが、世間から見れば自分勝手に見られかねないふるまいだったかもしれません。社内でも「できない」と思った仕事は、正直に「できません」と言ってしまう。それでいて「できないんですけども、作品については考えたいので、口だけ出します」みたいな感じです。

「できることだけに集中します」と言えてしまえるかどうか。これは一つの賭けです。「なんてワガママなんだ」と反感を買うだけかもしれないし、逆に「注力すべきところに注力できる働き方」を少しずつ獲得できるかもしれません。

そういう伸るか反るかの瞬間が積み重なって、今の居場所があるのだと思います。そうして、今までよりも「ありのままで損をしない」ようになってきたら、さらにその成長が、一つの自信と確信になって私を導いてきました。

水曜どうでしょうキャラバンという野外イベントで、炎天下、藤やん以下すべてのスタッフが設営に励む中、ひとりクーラーの効いたバスの中に居る。どうでしょうのロケでは、カメラも回さず運転もせず、ただ「同行した」だけの回もありました。

何のパワーの裏づけもないのに、自信だけは持ってそこに立っていられるというのは、特殊なサバイバルを生きてきた結果なのでしょう。

「こんなに成長しました」というほどの技術も能力もありません。しかし、「ありのままで、ただそこに居る」ということを人前でやる瞬間には、ずっと自分の成長があったと思います。

結局、自分が置かれた環境の中で、自分で考えて、自分で対処してふるまうということをし続ける限り、どのような形であれ、生き物には成長があるのだと思うのです。

「「NO」と言うのは簡単じゃない」

考えて考えて「NO」と言う

こういう話をすると、「嬉野さんだから断れるけど、普通の人は仕事を振られて『できません』なんて言えないよ」ということをよく言われます。しかし、私からすれば、「言えないよ」という状況が色濃くあるからこそ、「できません」と言う第一号になる旨味があるんです。

わたしが「できません」の第一号になる時、そこには大きな逡巡があります。「NO」と言ってしまうとサラリーマンとしては損なんだろうな、という一般通念は私も持っています。とはいえ「NO」と言わなければ自分が追いつめられるのは経験から知っているわけです。

今はっきり「できない」と言わないと、自分のキャパシティーを超えた負荷がもたらされる。そういう時に「どのような順番・タイミングで『ＮＯ』と言ってのけるか」を真剣に考えます。誰も教えてくれないので、自分で考えなければいけません。

しかも自分にパワーの裏づけがないというのは承知している。とすると、パワーの裏づけがない自分が人前で「ＮＯ」を発しても、「この局面を乗り切れるだろうな」という自信が生まれるくらい考えていないと、「ＮＯ」とは言えないわけです。「よし、大丈夫」と思えて初めて「ＮＯ」を発することができる。「ＮＯ」を言わないと損するのが目に見えている状況で、考え続けて、初めて「ＮＯ」と言うことができます。そういう時が「ＮＯ」と言ってしまって成功するタイミングなのだと思います。

それは険しい道のりでしょう。「この順路で登っていけばこの山道もかなり行けるだろう」と自分で見出す必要があります。しかも、山道と違うのは、各々が別の道を辿る必要があるということです。だから「みなさんこうしてください」「こうしないといけないですよ」と言ったところでどうしようもないと思います。しかし、成長というのはそういう、ごく個人的なものなのです。

自分にとっての困難は、やっぱり自分で乗り越えなければいけない。それがもし正攻法で乗り越えられないのであれば、なにか計略を考えないといけません。

帰る場所としての「どうでしょう」

人生というサバイバルにおいて、戻ってこられる場所があるというのは重要なことです。そういう意味では『水曜どうでしょう』という番組が私にとっての安心材料でした。「『水曜どうでしょう』の嬉野」でいられるというのは、非常にいい場所を得たなという実感があります。こういう場所は、成長にとって必要だと思います。

たとえば子どもを育てる時に、いつか子どもは独り立ちをするでしょうし、一生子どもを守るということはできないわけです。それでも、折に触れて子どもが懐かしく思い出すような故郷があるとか、思い出す父母が居るというふうに、自分の拠り所と思わせるだけの刷り込みを子どもに施してあげておくというのは、子どもに対する親の力だと思うのです。子ども

「安心できる場所を自分は持っている」

は「あそこに親が居るから」と安心して楽しく遊ぶ。

親元を離れても、イメージとしての親と故郷を安心材料として持っているだけで、非常に生きやすくなるかもしれない。その場所は、故郷に限らず人によって違っていいでしょう。それを考えると、成長するためには「安心できる場所を自分は持っているんだ」と思い込めることが非常に大きな条件になるわけです。

藤村さんが二つの環境やフィールドを持っていることが大事だと書いていますが、私もそう思います。定年したおじさまたちが非常に苦しくなるというのはその点に原因があるのではないでしょうか。それまでは我が家と会社という、プライベートと仕事場二つの場所があったのに、定年になって仕事を退職してみて初めて、ずっと家に居なければならないという体験をしてしまうわけです。仕事だけをしていても、休んでばかりいても、適切なバランスは欠いてしまう。

ですから、『水曜どうでしょう』という帰ってこられる場所は、私にとっての大切な居場所です。

藤やんが背負った責任は大きかった

一旦ピリオドを打つということ

『水曜どうでしょう』のレギュラー放送をしていた頃、やっぱり藤やんが精神的に背負っていた責任は大きかったと思います。それは私が負っているものとは比較にならないだろうな、という実感はありました。

私なんかは、ロケに行って、撮影してってっていうぐらいの責任ですから、もっと長くレギュラー放送をやっていても気楽に対応していたでしょう。でも藤やんは屋台骨として『水曜どうでしょう』という作品を支えて、タレントさんとも非常に高度な人間関係を維持し続けないといけない。

今はすっかりミスターとも意気投合しちゃっていますが、鈴井さんと藤村さんでは、お互いが目指していた方向は当初違っていましたから。仲が悪くなったとか、そういうくだらないことではなく、レギュラー放送を続けていくモチベーションの面でも、ある種の限界がきていたことは確かでしょう。

2020年10月から放送される最新作は久しぶりに私がテープをつないでいるのですが、たしかにシーンごとに面白いところはあります。ただ、1本1本を作品にしていくには、そこに文字スーパーで視点を加えないといけません。現場にはなかったもう一つの演出に気づく力がなければ、『水曜どうでしょう』をつくり続けることは無理だなと思うんです。

その役割は藤やんがずっと担っています。そのプレッシャーは、私とはまったく違いますからね。「一回休み」という判断は、それしかなかったと思います。

ふだんの仕事でも、休んでしまうと次がないのではないかということを考えてしまいがちですが、そんなことはありません。一回休んで、また動き出せばいいのです。

還暦を過ぎてからのリモートワーク

出社や出張が気楽にできなくなって、私もビデオ会議を覚えました。やってみたら、これが思いのほか私にはあっていた。

リモートは、実際の会議より「読むべき空気」みたいなものが少ないように感じます。みんな同じ大きさの画面だと、はっきりした意見もないのに感情で押してみたり、目つきだけで睨みをきかせるといったこともできなくなります。すると、ちゃんとしたまとまった話だけが耳に入ってくる。これだけで、以前よりも会議はすぐに終わるようになります。

「わかる、わかるよ、だけどそこをなんとか！」みたいな腹芸をオンラインでやるのは至難の業でしょう。私は、リモートになってから会議が楽しくなりました。

ＨＴＢの役員に「藤村とともに一席設けたい」と言われた時も、私は「リモートじゃダメなんですか」と聞きました。あの藤村さんでさえ、「先生、ここは会いましょう！」と言っていました。

『水曜どうでしょう』の本音と建前

リモートワークが進んで、働き方についていろいろなことが明るみになってきたように思います。私の知る限り、会社に居るあいだずっと生産性高く集中して仕事をしているサラリーマンはほとんどいません。そのこ

「上司も部下もバレバレの「働いているふり」」

とは、上司も部下もみんな知っている。だって、毎日何時間も集中するなんてことは、たいていの人間はできませんから。

なのに、上司の仕事は「お前ら、ちゃんと働いているのか」って監視することになってしまっているし、部下もバレバレの「働いているふり」を続けています。上も下もその建前を維持することだけに腐心して、本来の仕事とは関係のないところで会社が盛り上がってしまっている。まるで「出社さえしていれば、仕事をしていることになる」という免罪符のようです。

もう、仕事をしているという建前を、「せーの」で壊したほうがいいんじゃないでしょうか。「毎日出社はしているけれど、実のところたいしたことはしていない」ということを社内全体で了解して、不要な監視はやめて、バレバレの演技をやめるだけでもずいぶん仕事は減ると思います。

出社しなくてもできることは家でやって、必要のない仕事はどんどん減らして休みを増やしても、業績が悪くなるということはないでしょう。今までが労働時間を「埋めていた」だけなのだとしたら、むしろ健全になると思うのです。満員電車もなくなるし、短い時間で同じ業績を上げることができれば給料も下がらない。

『水曜どうでしょう』は、本音を全部さらした上で、あえて建前の言葉をぶつけ合う、高度なコミュニケーションによる番組です。行かなければならない目的地に「しんどいから行きたくないな」という本音を視聴者にもさらしたまま、あえて「もちろん行きますよぉ」「弱音なんかとんでもない」と建前を交わし合う。

ぼくらや視聴者が、それを聞いて笑ってしまうということは、その世界に共感しているということだと思います。現実世界では、バレバレの本音をないことにして働かされているけど、『水曜どうでしょう』の世界では、建前を笑いとばしている。

現実の働き方においても、一度その本音をさらしてしまえば、楽になれるんじゃないでしょうか。

久しぶりに他人に共感した

さて、3日目。最終日です。その日はYouTubeのスタジオに行く用事があったのですが、その用事終わりで、藤村さんが読売テレビの西田二郎さんと会う予定があったそうで、たまたま居合わせた私も同席することになりました。
最初は二郎ちゃんに会うつもりはまったくなかったのです。「用事は終わったな」と帰る気マンマンでした。でも、この時話せたことは、3日間の中でもとても重要な体験でした。

話題は、いつもと同じでテレビやYouTubeのこと。その中で、ひとりで悶々としていた時にはなかった「他人に共感する」という時間を持てました。西田二郎という人が、新型コロナウィルスをあつかうテレビをどう見ているのか。相変わらずの熱量で盛り上がる二郎ちゃんと藤やんを見ているうちに、自分の中にもふつふつと湧き上がるものがありました。

気がつけば、自分の頭の中だけでは辿り着けなかったような言葉が、湯水のように溢れてくる。「水曜どうでしょうハウスにこもる藤やん」を観

「会うつもりでなかった人と会って話す」

察して、考えたことが、自分自身にも興味深いテーマとして展開していく。

久しぶりの体験でした。その瞬間、複雑に絡んだ悩みの糸が、少しずつほどけていくような感覚を味わったのです。

会うつもりではなかった人と話しているうちに、トンネルの出口へ続く薄い光が見えた気がしました。本当に人間は不思議な生き物だと思います。

24年間も一緒に居る藤村さんの行動を見て、自分でそれを解釈していると、いまだに私の中での「ざわざわ」が氷解していくことがある。しかも、そこに西田二郎というもうひとり別の存在がいたからこそ、私は深くものを考えることができたのだと思います。

次元の違う二つの世界

「死」というものは、私にとってはフィクションでした。そこに現実的につながっているという今の状況は、私を大きくぐらつかせました。新型コロナウィルスが蔓延する以前に考えていたことは、自分の思考を引き戻す魅力をもう持っていないように見えました。

でも、この東京での3日間のように人と会い、話していると、たとえば「藤村さんの行動」は、私を以前の思考に引き戻し、さらに考えを進めてくれる貴重なサンプルだと思えるようになりました。

停滞し続けていた思考が、以前のように、動き出す。そのこと自体が、一つの喜びです。不安や恐怖とは違うところで、自分の気持ちも盛り上がっていきます。「まだ進む方法はあるんだ」と、活性化していく自分に気づきました。

私が女房と『水曜どうでしょう』を観て慰められたように、やっぱり人間の中には次元の違う二つの世界があるのでしょう。感染症や死を恐れる次元と、それを忘れるくらい心が和む次元。問題は何も解決されていないのに、心が和む。その世界にぼくは居るんじゃないか、という風景が一瞬見えた気がしました。

「人間としての生活」をそれでも続ける

ウィルスに侵されて症状が発症すれば、自分ごとの苦しみになるわけで、それは恐ろしいことです。しかし、「コロナに侵されて、未知のウィルスが粘膜から細胞の中に入っていく」ということは、私の人生の中では理解や許容のできない、次元の違うイメージだと思うのです。

リスクを避ける行動をするのは大前提です。しかし、それに加えて、自分でイメージできない次元の恐怖にとらわれるのは、生きていく上でとても無理がある、とも思うようになりました。不自然な状態で居ることは、結果的に人生で損をします。

考えてみれば、人間が本来イメージできないような次元にばかりとらわれ

恐れは出口を見失わせる

てしまうこと自体が不自然で、意味がありません。残念ながらウィルスに感染するとか死んでしまうということを100％防ぐことはできない状況で、いたずらに恐怖にとらわれていても安全が保証される訳ではありません。

となれば、感染症のリスクにさらされる不安な状況にあっても、自分が毎日過ごしている「イメージのできる次元」を生きていかなければ、やっぱり人生はきついだろうなと思ったのです。根拠のない楽観はいけないということと同じように、「人間としての生活」という次元を見失ってしまうこともまたよくない。そのことに少しずつ納得できたのかもしれません。

いくら考えてもどうしようもない「死への恐怖」というイメージにとらわれると、たぶん出口がなくなってしまうのです。人類は本来そこの次元には居ないのに、そこに居るように思い込んでしまうと、入口も出口もわからなくなってくる。まだ、うまく言葉にできないのですが、そこは人類が居るべき自然な場所ではないんだろうと思ったのです。

私はステイホームの期間中にとてもリフレッシュしました。還暦を迎えて、どちらかというと感染症へのリスクも高く、「ずっと家に居なさい」と言われたら、「はい」と喜んで返事ができるタイプの人間です。

それでも、リスクがあっても人に会う、街に出るということは、人間の本来居るべき場所、次元なのだと思ったのです。結局、人間は本来居るべき次元の行為を続けるんだ、と。そして、人間の行為の次元の上で、可能な限りリスクから逃れようと考えることは決して怠ってはいけない。

どこかに行きたくなる、誰かに会いたくなる、喋りたくなる、伝えたくなる。結局人間はその次元で生きているんだろうと思います。病や死に侵されるというイメージは、自分が生きている次元とは、別のこと。そういうふうに考えると、自分が絡めとられていた場所の様子が少し見えたような気がしました。

感染症を無視するということではなく、「私にはそれぐらいしかできない」と思ったのです。新型ウィルスのリスクが大きく全人類を覆っているということを認識して、これまでにはなかった緊張感の世界に自分がさらされているということは理解する。その上で、人間はどういうことを求めて、どの次元で生きているのかという「人間としての行為」も自覚する。それだけのことで、私という人間は生きていきやすくなるかもしれないなと思ったのです。

九州に生まれ、東京に出て、北海道に移住してから、初めて冬の雪に埋もれる暮らしを経験しました。それと同時に、春の訪れ、雪解けの喜びも知りました。冬のあいだに持っていた個人的な悩みが、「雪が解けたんだ」っていう、その瞬間の嬉しさに、一瞬忘れさせられる。雪という重しが導いてくれる効能を体験してきたのです。

感染症が世界を覆うまでは、めいめいが落ち込む、くよくよするという状況がずっとあるだけだった。くよくよするだけで「春になったね」と思える瞬間すら与えられなかった。ワクチンが開発される、ウィルスの実態が明らかになる——。新型コロナウィルス感染症にとって、何が「春」なのかも依然としてわかりません。しかし、いつかは「終わったんだね」とみんなで思える瞬間がやってくる。そこまでは、雪に耐える。今は、そんなふうに思って暮らしています。

水曜どうでしょう２０２０最新作
「４人だけの海外旅」を語る

嬉野雅道

2020年、秋。

前作「北海道で家、建てます」で語られた「もう一つの旅」の放送が決定した。

12年ぶりの4人旅。

7年ぶりの海外ロケ。

今作は、「編集するのは、いつ以来かわからない」という嬉野がつなぎ編集を担当。

そして今もなお、バトンを受けた藤村が仕上げの編集を続けている。

つなぎ編集を終えたばかりの嬉野に、

「最新作の旅」について、

「主演、大泉洋」について、

そして「これからのどうでしょう班」について語ってもらった。

（※ネタバレはないので案ずるな！）

嬉野：今、どうでしょう班の関係はとっても良好なんです。これまでにもない距離感で心地いい。ただね……（笑）

――はい。

嬉野：大泉くんの中にはふつふつと「もうちょっとちゃんとやってくれ」っていう気持ちがあるんだよね。こんどの新作を編集していてもわかる。今回のロケは、前作の水曜どうでしょうハウスをつくりはじめて1年半くらいしてから旅に行ってるから。

――大泉さんはどうでしょうハウスの「衝撃のラスト」も知らない状態ですよね。

嬉野：そう。大泉くんとしては、どうでしょうハウスも中途半端だなって思ったんだけど、次にまた「旅に出るだけ」っていうのも中途半端だと。結局旅に出た後もカメラが回ってる時に大泉くん言ってるんだけど。「ぼくが面白いことふってるのにさあ、藤村さん流すんだよ」って（笑）。ぼやいてるの。

——あははは。

嬉野：「まだぼやいてるのにだよぉ、『予約してくる』とかって事務的な手続きをしはじめるんだよ」って愚痴を言っていたから。この新作の旅は、どうでしょうハウスのオチを知るまでの前のめりな大泉洋っていうことなんだろうね。何をやったところで、手ごたえを感じない。そりゃそうだよ、大泉くんには知らせずオチがあったんだから。けどああいうオチが用意されていたっていうことを知って、今は納得してるところもあるんじゃないかな。

今回の４人旅は、「家、建てます」以上に何も起こらないからね。でも、まあ、楽しく観られるのさ。さすがに「どうでしょう」だから楽しく観られる。

悪態に癒されていく

嬉野：今回の新作の中でもね、大泉くんは「悪態をつく」ということについて語っていて。「ぼくはね、とにかく悪態をつくっていうことで、一番笑いを取るから」ってね。「自分の家ではやれないんだよ、ひとっつも。家族に悪いから、悪態なんてつけないでしょう？　そうすると大泉洋はさ、家庭ではちっとも面白くないの」と、ずっと旅の中で言っていてね。悪態をつけばつくほど、浄化されていくらしいんだよ。ひどいこと言いながら、「癒されるなぁ」なんて。これは、とても高度なやりとりだと思ったね。一枚半ぐらいひねった感じの。

藤村くんともお互い汚い言葉で罵り合いながら、「いや〜大泉くんはすごいよね、思いっきり殴ると笑うんだよ」みたいなことを言って。そうすると本気の喧嘩に発展しないみたいなことがあるよね。だからあの二人は非常に高度なことをやってるよ。

よく「喧嘩を見て癒されるのはどうしてでしょう」なんて聞かれるけど、喧嘩している大泉くんや藤村くん自身が、どっかで癒されてるっていうことを吐露しているからね。やりながら吐露している。

「いやそこまで言うと厳しいだろう」っていう発言の中に、「大泉くんって殴ると笑うんだよ」って言われると、また面白い世界になってくるわけ。

――今、ひどいこと言ってたような気がするんだけれども……。

嬉野：「あれ?」みたいな。さっきまでの空気の悪さはどこに?っていうね。マジックだよ。そうやって喧嘩してるようなすごい悪態をつきながら、やっぱり褒め合ってるように見せる手段がある。それはなかなか高等な話だよね。お互いにどこかの瞬間に「言いすぎたな」と思うと敵をつくらないようにするから。

しかも、収録終わってから楽屋で謝るとか、そういうことでもない。そんなふうに謝ったら終わりだからね。

カメラが回っている時も、回っていない時も、ずっと悲喜こもごもありながら、24年間途切れずに緊張感を保っている。それが主演俳優とチーフディレクターの技術だし、根性だし、度量ですね。

——その関係性を視聴者も目撃し続けています。

嬉野：面白さを醸し出すために、これぐらい強い言葉でいったほうがいいだろうとか。今は殴らなきゃいけないみたいな瞬間がある。ここで殴らないとむしろ大泉くんに申し訳が立たないみたいなところがあったりするんじゃないですか。そういう感性を持っている。

たぶん、丁々発止やりながら、同時にその姿を俯瞰で見てる自分も居るんだろうね。この状況でもっと面白くするためには、この言葉を使ってこういうふうにパワー全開で言わないといけないとか。今はあまり言ってはいけないとか、その都度見え方ってあるんじゃないかな。そこまでオレわからないけどね。

そういう演出っていうものが見えるから、自分で自分を管理してコントロールして出力していくんだと思うけど、どこかで学習したんだろうねきっと。

他者がやっていた演出を楽しみながら、その豊かな世界を自分のものにしていきたいっていう願望を持ってきた。学習なくしてそこには辿り着けないよね。模範となるような理想の世界を見つめながら、刷り込んでいった何かがあるんだろうね。他人の成功体験っていうものを確信して自分もやるっていうね。

そこの共通認識っていうのがチーフディレクターと主演俳優の中に

あるんじゃない。信頼関係として。描きたい世界を共有している。

——何の打ち合わせもなく。

嬉野：一か八かだね。聴衆が笑ってくれれば非難はされない。そういうチャレンジングな場所にあの人たちは居ると思う。伸るか反るかの場所で、「大丈夫、行け！」と突撃していく。

だから車に乗ってえんえん移動している車中だけでも面白くしちゃうんだろうな。大泉くんにしたって私生活で感じたところを吐き出すチャンネルとして「どうでしょう」を使ってるからね。

今回も、「なんで今、誰も聞いてないのに家庭の事情話しはじめたの？」みたいなこともあったから（笑）

すべてを、手放す

嬉野：次、新作撮るんだっていうならカメラマンが居てくれた方がいいと思うんですよ。藤村くんがすっかりカメラをあつかえるようになっちゃったから回してくれてもいいし、カメラマンが居てくれてもいい。もはやカメラにこだわりがないなーっていう気がするんですよね。どちらかというと面倒くさい。嫌になったとかじゃなくてね、なんか、そのほうが自然に思える。こういうことをてらいなく言えるようになったのは、年齢ですね。

――それが自然な姿なのであれば……。

嬉野：そうなんですよ。カメラも回してないのに現場に居るっていうのは若い時にはできないじゃないですか。

――できないですね。

嬉野：できないですよね。そんなら、その人は居なくていいんだもん（笑）居なくていいのに来てるっていう。居なくていいんじゃないのって現場で言われても「そうですよね」って言える。そういう厚かましい立場にも立てたっていう。そういう居場所を獲得した。いや、獲得したというよりは、手放したっていうことですよね、あらゆるこだわりを手放した。

『水曜どうでしょう』という名番組の中の一翼を担っているということを捨てられればですよ、何も私を脅かすものはないわけじゃないですか。

――たしかにそうです。

嬉野：「何かしてるんですか」「いや、してません」みたいな。そういう人間が一番厄介なんですから。

そういうことだなって、新作を久しぶりに編集しながら思いました。それまでは「自分で回すんだ」とか張り切ってましたけど、いきなり時差ボケで眠くて車中で寝てカメラを落とすし、「何を言ってるんだろうオレは」って、編集しながら思いましたから。

――自然な流れのように感じます。

嬉野：ほんとに流れです。もうどうにでもしてくれっていう感じ。「どうしても」ってなったらもうやめてもいい（笑）

――そこまで手放していらっしゃる。

嬉野：それが自然の流れなのであれば、抗いません。いまだ前のめりの大泉くんと、どんどん手放していくわれわれが、これからどんな旅を続けるのか、自分でも目が離せませんもんね。

【嬉野さんと緊急事態宣言】

3/30 YouTubeの撮影をすっぽかし大阪から札幌へ帰る

4/7 — 緊急事態の期間 — 5/25

7/9 東京で3日過ごす

嬉野雅道

ちがう持ち場から、おなじ景色を見ている二人──「緊急2万字対談」

藤村忠寿

【藤村さんと緊急事態宣言】

4/7 — 緊急事態の期間 — 5/25

4/13 水曜どうでしょうハウスで野鳥観察をはじめる

7/5 森暮らしを終える

その日、嬉野さんは遁走した

藤村：3月末にさ、本当はYouTubeの収録があったじゃないですか。でも、嬉野さんは収録前に突然札幌に帰ってしまった。一方、あの時のオレはゴールデンウィークにはコロナウィルスの騒ぎは収まるもんだくらいに思ってたわけですよ。なので4月頭の段階でもそこそこ騒がれてはいたけど、嬉野さんが来ないことに驚愕したんですよ。

嬉野：ええ、私はあなたが驚愕するだろうなと思ったんですよ。

藤村：その時の温度差っていうのは相当あったと思うんです。

嬉野：あったでしょうねぇ。

藤村：今はぼくと嬉野さんには温度差はないと思いますよ。でも、あの頃の温度差というものは確実にあった。あなたの感じ方っていうものがぼくよりも非常に敏感だったというか。

「ぼくは世の中を信用してない」

嬉野：ぼくはたぶん世の中を信用してないんでしょうね。

藤村：あはははは。あー、なるほどね！

嬉野：どうしてもいいほうには考えられないんですよね。いまだにそうだもんね。あの時には3月の中旬くらいにYouTubeの収録をやってたのかな。で、一旦札幌に戻ったんですよね。そこから3月28日に大阪で別件の仕事の打ち合わせがあった。その時にはもう行きたくなかったよね。札幌から出たくなかったんですよ。

藤村：先生はたびたび、「歳も違うから風邪に対しても心配の度合いが違う」って言い方もされますけど、元々の考え方として、社会を信用していない、自分の身は自分で守らなきゃいけないっていうことが強いのかな。

嬉野：そうなんですよ。だから収録の前に大阪に行くのも気が乗らなかったんだけれども、「断る理由もないから行くか」ぐらいな気持ちにはなれてたんだよね。それで大阪で藤村さんも交えて打ち合わせをして、その時は4月になったらYouTubeのロケに行こうなんていう具体的な話もありましたからね。
藤村：まだあの時はそういう話してましたね。
嬉野：してましたでしょう。で、その日は大阪に泊まって、もう一泊ぐらいしたんですよ。翌々日にYouTubeの収録が東京であったから。
藤村：そこが変わり目でしたよね。
嬉野：そうそう。その頃に、4月の頭に緊急事態宣言が出るかもしれないとニュースなどでも言っていたんですよ。緊急事態宣言が出たとして、東京都とか国がどのようなことをするかっていうことを具体的には把握してなかったんですけど、ロックダウンがどうのこうのとか言っていたから、本当に閉じるのかなと思っていたところもあったんです。で、「東京に行って帰れなくなったら困るなぁ」という感じでオレの虫が好かないから帰ろうと思って。
「嬉野さんは帰りました」って聞いたら、藤やんは驚愕するだろうなと思ったんだけれど。

藤村：思ったんだけれども、嬉野さんの腹の中の虫みたいなものがもうどうしようもなかったっていう。

嬉野：自分の人生でもあるので、自分で判断しよう、しがらみとかは一切知らないと思って。

藤村：そこがすごいところだよね。今の状況を見るとさ、その判断っていうのが結局は間違ってなかったわけじゃない。オレなんかはそうは思ってはいなかったから、東京に行ったら嬉野さんがいなくてビックリしただけなんだけど。でもあなたのその「虫の知らせ」みたいなものが、数週間後、何か月後になった今の状況からすると正しかったとわかるわけで。ほかの人から見ると「えー」って眉をひそめるようなことだったかもしれないけど、それはある意味正しかったわけだよね。

嬉野：そう言ってもらえるといいですね。私はその時はね、100年前の

危険を他人に押しつけない

スペイン風邪の時に、いったいどういうふうになってたんだっていうことを、大阪であなたと別れた後にネットとかで調べてたんですよ。そうすると、当時も第二波、第三波ぐらいまで来てるわけです。その時には集団免疫でかろうじておさまってるみたいなんですけど、それだって足かけ3年かかってるわけですよ。ということは集団免疫に移行しないでやるとしたら何年ぐらいかかるんだろうかと思うわけですよ。10年ぐらいかかるんじゃないか、ということを考えてましたね。

藤村：ほかの人ってネットで見て騒いで「いや、こういうことがあるよ」って、他人に注意を喚起するじゃないですか。たぶん、他人に「これは危ないよ」って言うことが目的だと思うんですよ。危険というものに関しては。で、それって正直うっとうしいんですよ。その点、あなたは他人に注意を喚起するんじゃなくて、まず自分が避難してるわけじゃないですか。ここが信頼のおけるところなんですよ。本当に危険というものに対して向き合ってるんですよ。ほかの人って、実は危険というものを楽しんでいるというか、危険を他人に言うことによって自分を偉く見せるとかっていう発想が働くけど、あなたにはそれがないんですよ。

嬉野：有意義なことを言ってくれるじゃないですか。

藤村：だから、ほかの人とは違う。逆に言うと嬉野さんは自分勝手と思われるかもしれないですよ。

嬉野：でも自分勝手になるということが、自分の責任だと思ったんですよ。

藤村：そうです。そこが大きな違いなんですよ。

嬉野：ここでやっぱり自分勝手にならなくちゃいけないなと思ったんですよね。そんなこんなで帰る飛行機の中で志村けんさんの訃報を見たんですよ。「やっぱりまずいな」って思ったんですよね。

藤村：まさにそのタイミングだったよね。

嬉野：しかも、定まらないことが多いわけですよね。「若い人はあんまり重症化しない」とか、「年齢が上がると重症化する」とか。いずれにせよ、自分のことを主眼に考えるとこれは危機だと思ったんですよね。じゃあそんなに重症化しない若者はどうなんだ、彼らとどうやったら足並みをそろえて考えられるんだろうということが自分の中で定まらなかったりしたんですよ。

藤村：それでも自分だけが行動しようと思ったら、他人に関係なく自分の判断で行動できるわけでしょ。あなたには他人にどう思われるとか、他人をどうしようとかっていう、そこがほぼないわけでしょ。

嬉野：（笑）たしかにおっしゃる通り、そうです。

藤村：でもそれは、ぼくとの共通点なんですよ。

嬉野：なるほど。

藤村：ぼくはそういうことはあまり感じないから、その当時、危機を察知する能力はなかった。だけど、結局ぼくがやったことも「自分でやる」というだけの話なんです。「飲みに行こう」とか「大丈夫だよ」って言うとか、他人を扇動したり巻き込むなんてことはしないわけですよ。ぼくは大丈夫だと思うから東京に来て、あなたとは違うから「あれ、どうしたの」って思っただけで。けど、あなたが自分の判断で勝手にやる人だっていうことはわかってるから、そこは非常にわかり合える部分がある。

嬉野：そうですよね。私があっさり遁走したからといってあなたが怒るってことはないと思うんだよね。「嬉野さんはそういう行動に出たのね」みたいな。びっくりしたとは思うんだ。

藤村：半笑いだったもん。スタッフとかに「あれ、嬉野さん来ないの？」って。これが他人を気にする人だったら、「こんなに用意してるのに」「みんな来てるのに、なんであの人は」っていうふうに他人を盾にしてあなたを攻撃することになるんですよ。ぼくにそれがないのは、ぼくも同じことするからですよ。わかるんですよ。

「野鳥観察」には恐れ入った

嬉野：それで私は札幌に戻って、自分自身の個体がどうなるんだろうってことをいろいろ考えたんですよ。一巻の終わりということを目の前で受け入れないといけない時が来るんじゃないかって思ったんですよね。心がざらついていたわけですよ。
そんな時に、前にも書いたけれど奥さんがたまたま観ていた「サイコロ6」を観たんですよ。すると、観ているうちに心のざらっとしたものが一掃されていくっていうか、ずいぶん気持ちが軽くなっちゃった。で、観終わった後もそれが継続して今に至る。そういう体験があって、『水曜どうでしょう』は非常に偉大な番組なんだと思いましたね。

藤村：あなたは自分の判断で、これは危ないぞ、これは危険だぞということ

「森でステイホームをする」

とをほかの誰よりも真摯に自分のものとして受け取ったわけじゃないですか。その時に『水曜どうでしょう』で心のざらついたものが瓦解されていったという人はあなた以外にもいると思うんですよ。

嬉野：なんだか整理されるところがあったんですよね。コロナの危機は依然としてあるわけだけれども、その危機というものが今すぐ自分に訪れるわけじゃないよなっていうことを了解したんですよ。それでも「これから先どうなるんだろうなぁ」って思っていた時に、あなたから「森に行ってきます」っていう連絡が来て。「またこの人はいいタイミングでうまいこと考えたなぁ」と思いましたね。すごくいいと思った。あなたの「こもらなきゃいけない」っていうことのとらえ方がよかったんだよね。みんなが行動自粛してステイホームしてくれっていう時に、あなたは同じステイホームでも森にこもって自分の好きな野鳥を眺めようと思いつく。このコロナ禍という社会の中で、自分の家に閉じこもるっていうみんなのストレスとは違う、森というまったく別次元のドアを開けたと思うんですよ。そこにはコロナ禍からすごく遠いユートピアのようなものを感じられるわけですよね。森という、完全に人から遮断されたような、変わらない四季を感じるエリアっていうものが実はあって。そこに、そういえばわれわれは『水曜どうでしょう』という番組でツリーハウスを建てたという事実があるじゃないですか。その事実があるという流れにそのまま乗って森に入る。これはうまいこと考える人だなと思って。そうすると、われわれは一度は雪で完全に崩壊した何の未練も思い出もない小屋をこれから運営するにあたって、自分が長く居つくことで、自分の何かをそこに染み込ませていく。森にこもることでどうでしょうハウスの商品価値を上げていくんだと気づいた時に、これはぜひやったほうがいいと思った。

藤村：こんなにオイシイ話は逆にないですよね（笑）

嬉野：このコロナというものに対して、そんなドンピシャな流れには乗れないですよね。でも、もし平時だったとしたら、あなたは商品価値を上げるがためだけにあそこにこもるということはやってなかったでしょう？

藤村：やらないやらない。

嬉野：それなのに、何らかの形で各人がこもらざるを得ないっていう時に森の中に小屋があるということにピンと来た。ちょっと感服したね。それに、森にこもるっていうことがわれわれが自宅にこもるということとこれだけ違うんだと、自分の心の窓を開けられた感じがした。だからあなたがどうでしょうハウスで撮ってきた動画を編集されたものを観ると、まさに自分に向けられたメッセージのように感じる。映像を覗き込むとあなたを通して森がずっと広がっている。何も閉じ込められてないっていう気持ちにさせられる。あのタイミングでああいう開放感のあるようなネタを思いついて、そこに飛び込んでいって。当初の自分の発想とはまったく違う方向に転がっていって、もっと大きなものを掴む。恐れ入るしかないなと思いました。

それでもスタッフから「藤村さんが森に入る前に事前にYouTube Liveをやりたいという話なんです」っていうLINEをもらった時には、自分の当時の心模様としては……あなたのやってることの価値はすごくわかるけれども、YouTube Liveに行くっていう根性はない。だから「出ません」「無理です」と。

周囲ではなく自分のことを考える

藤村：それはやっぱり各々が個人の考えで行動をしているというだけなんですよね。ぼくだって他人を気にしてるわけではないですよ。個人の考えが違うだけ。でもたぶん、ほかの人は「周囲からどう見られるか」みたいなことが思考の7割、8割くらいになっちゃってるんじゃないかなって。嬉野さんとオレの共通点は、むしろ7割、8割は自分が考えたことを実践するっていうこと。だからお互いのやってることに対して最初「あれ？」とは思うけど、その後はわかるわけですよ。理解はできる。「藤村くんがそうしてるけど、オレは今そうじゃない」ってはっきり言えるわけよ。「これはやったほうがいいよ」とか、そういうことにならない。

嬉野：そういう話をここでできるっていうことは、私にとって非常に励みですね。そういうふうに受け取ってもらえてるのは非常に安心だなと改めて思うわけですよね。そういえば最近スタッフが「D陣おひとりずつのお話を伺った時に、お互い行動の意味はわからないけど、行動する思考はわかるみたいな感じで、すごく深いところでお互いを理解されていました」という話をしてくれました。

藤村：なるほどね。

グループという呪縛から逃れる

藤村：森にひとりで入って、「オレはひとりが好きなんだ」という忘れていたことを思い出した。

嬉野：へー！

藤村：学生の時とかも、ひとりでバイクに乗ってあちこち旅をしてひとりで夜寝てってていうことが好きだったの。ずっと。だけど社会人になってから、家族も持ったし、仕事も組織で進めるようになるじゃない？ それも楽しいし、グループを引っ張っていくのは役割だとも思っていた。ただ、30年ぶりぐらいにひとりの時間が1か月続いたら、オレはそれが理想だったんだっていうことに気づいた。これは娘が一番よくわかっていて、長女や次女が言ったのは「あなたは元々の本能に戻った」って。だから楽しそうなんだって。本能的にはそっちの人なんだっていうかね。
嬉野：本来あるべきポジションに戻ったのか。それはたいへん面白いね。
藤村：そうそう。自分が一番好きだったところに戻ったっていう。
嬉野：それも期せずしてね。コロナでもなかったら無理には入らなかったものね。
藤村：1か月もさあ、1か所に居るなんてさ、もったいないと思っちゃう。
嬉野：あれだね。そこは自分では到達できない場所なんだろうね。本来そこに居たい人なんだけれども、自分の選択肢の中にはない。コロナになって、ステイホームしなきゃいけなくなったから、行くしかないって森に入れた。
藤村：グループをどう回していこうかって考えることが自分の役割だと思っていた。それが、「グループになることができない」っていう想像もしていなかった世界になった時に、ひとりになるっていうことに開放感があったんだよ。もうオレは責任を持たなくていいんだ、グループに対してっていう。

嬉野：いい話だねえ。

藤村：自分でも意外だった。

嬉野：ほんとはグループに対して責任を持たなくてもいいのに、責任を持たなきゃいけないんだっていうのが藤やんの中にあったのね。そこから逃れられなかったんだ。

藤村：逃れられなかったし、グループを回していくのが楽しいと思っていたしね。

嬉野：でもあったわけでしょ、プレッシャーがさ。

藤村：うん。だから毎回「どうでしょう」のロケが終わった瞬間に、もうみなさんと会いたくなくなるっていう（笑）

嬉野：それがあなたの置かれている非常に複雑な地獄なんだね。すごく楽しくてしょうがないっていう世界なのに、すごく重しを抱えている。アヘンのように逃れられない。で、そこから解放されたいのにされ

「藤村さんって特殊な人だもんね」

藤村：ない。今回、初めて解放される道筋をあなたはもらったんだね。

藤村：だから意外と楽しそうにしてるの、あの藤村さんって人。ひとりで。森の中で楽しそうにしてる。カメラを回すのも、今までドラマとかでなんとか説明してやってたのが、自分でできるんだってなったら、それはそれですごい楽だった。

嬉野：やっぱりあなた特殊な人だもんね。

藤村：だからといってあれをずっと続けたいわけでもない。

嬉野：そうじゃないんだよね。安住の地が見つかったわけではないんだよ。そこには長居できないんだけど、「ここに居たかったんだ」っていうことに気づいた。結局、グループも好きなんですよ。負担になるまで好きでいちゃうっていう。自分を害するだろうっていうところへ行っちゃうっていう。そこから逃れられないっていうのがやっぱり人間の面白いところだよ。そしてこういう天変地異みたいな禍があって初めて本来自分が居たかった森に入っていけた、ひとりになれたっていうことを体験して一服するわけでしょ。

藤村：そうなの。

嬉野：長居できないっていうのもわれわれはなんか大きな仕組みの中に居るからだと思うんだよ。不思議だよね。なんでそういうふうになってるんですかって誰かに聞きたいぐらいだよ。

藤村：人類はそういう仕組みの中に居るのかもしれないね。

嬉野：でもそうであるからこそ、この二点間を行き来しなきゃいけないっていうことで生きていられるんだと思うんだよ。ひとりかグループか、一点でいいってことになると、たぶん人間どっかで死にたくなるんじゃないかと思うんだよね。死んだ後に待ってるのはそういう世界じゃないのかな、「安心感しかない」っていう。安住の地って「一点しかない」みたいな、そういう場所なんじゃないかしら。

藤村：たしかに、ひとりでいるのは、とても開放感があったけど……。

嬉野：あなたの欲がやっぱりひとりにしないわけでしょう。

藤村：そうだね。そこで終わろうとも思わない。

嬉野：自分ですべてを管理できるっていう状態はやっぱり人間にとってはとてもつまらないんじゃないかな。たいした事業にはならないのかなっていう予感だけはしますよね。

藤村：だからオレ、常に終わりを決めてたの。最初は2泊3日って終わりを決めて、あなたに言われてコロナが収束するまで5月いっぱいだなって決めて。結局6月からまたはじめたんだけれど、終わりを決めてるからそういうことができる。それは昔から思ってた。バイクで旅に出ても、1週間経ったら帰る家があるからひとりの時間を楽しめるっていうね。

嬉野：あなたって人はさ、本当に埒外に生きてるっていうのがあると思うんだよね。

藤村：「らちがい」ね。範囲の外。

嬉野：だからこそ、あなたを観察するということで見てる人間が安心感を得る、日常性を取り戻してるところがあるんですよ。
藤村：今となっては逆にね。
嬉野：この人は普通の世界の埒外に生きてるから。状況の変化から自由なんですよ。状況の変化に多くの人は取り込まれて、どうしていいかわからなくなってくる。けど、そもそも埒外に居る人には、状況の変化っていうことが意味がないのよ。そういう時にこの人を眺められると、自分の座標軸っていうのが取り戻せるんですよ。
藤村：状況が変わると、ふつうは座標軸を失っちゃうってことがあるからね。
嬉野：失うと思っちゃってる。変化するたんびに失うと思っちゃう。
藤村：うん。
嬉野：だけどね、この人を眺めていて日常を取り戻すということは、本当はわれわれも埒外に居るはずなんですよ。状況に左右されない部分を各個人が持っているはずなんですよ。だけど常識とか世間という中で生きてるんだっていう刷り込みから逃れられない。

藤村：語りますねえ。

嬉野：藤村さんって方、見てられるでしょ。

藤村：あはははは。見てられる見てられる。

嬉野：で、やっぱり人前に自分をさらしたい人なんですよ。じゃなかったら森にカメラ持っていってっていうことにはならないでしょ。オレ絶対やらないもん、そんなこと。作品をつくろうという気になってるっていう意識はあると思うんだけれども、人前に自分をさらそうっていう意識のほうが強いんだと思うんだよね。結果的にあの人自身が作品みたいなもんだから撮影した映像も作品になっちゃう。あの人眺めてるとほっとするわけでしょ。その時点でもう作品なわけでしょ。

藤村：さらけ出すだけでね。

嬉野：あんなコスパのいい人いないと思うよ。だって映ってりゃいいんだもん。そりゃすごいよ、誰も勝てないよ。

藤村：映ってりゃいいんだもんね（笑）

嬉野：だから、藤やんは図らずもやってると思うんだ。図らずもやってるからこれだけの大事業を担っていけるんだと思うわけ。これを自分で企図してやってたらプレッシャーで死にますよ、と思うわけ。本人に自覚がないからこそできるんだろうと思うわけ。結果的に「あなたすごい背負ってますよ」っていうふうにこっちから見えるんだけど、本人は気づかないっていう状況だからやれてる。それが役割なんだろうと思う。

藤村：それを嬉野さんが意味づけしてくれるからね。

嬉野：オレも、それは好きでやっているんだ。「意味づけをする」っていう担務の人ではない。それを請け負わされるっていうことは無理なんだよね。たまたまこの人と遭遇して、この人に対してそういうストーリーが湧いてくるっていう立場に居るだけだから。さっきと同じで、それがオレの担務であったらやりきれんわけだよ。

藤村：そうだね、担務と言われたらね。ただ、あなたにも考えが湧いてきちゃうからね。

嬉野：そう。湧いてきちゃうっていうことでオレは救われてるわけだから。結果的に人類を離れた俯瞰から見れば役割なんだけど、当の本人が役割と思っていると続けられないから。

藤村：で、それぞれの人間が違うからね。

嬉野：そう。

藤村：これで、自分に似た奴ばっかり集めてグループつくっても仕事にはならない。

嬉野：それは貿易が不可能なんだよね。

藤村：そうそう。違うから貿易できる。

嬉野：つまり、国によって産品が違うから貿易ができるわけで、個人同士もそうなんだよね。

藤村：そう、自分と違うから利用し合える。

「貿易のような関係性が理想」

嬉野：貿易をしないと栄えないから。
藤村：ここはオレたちがはっきりしているところだよね。
嬉野：オレだってオレのままで居て楽しく生きていきたいと思えば、そのために必要な人とつながりたいと思うもの。
藤村：自分の個性が売れる、買ってくれる貿易国のほうがいいよね。
嬉野：自分の能力や個性を全世界的に売れるようなものにしたいと思わない。オレはオレのままで居ればいいんだから。それでいい思いがしたいんだから。
藤村：そこはなかなか正直に言えないじゃない。嬉野さんから学ぶのはそこを正直に言うから。そっか、正直に言ってもいいんだなっていう。あ、オレも正直に言っていいんだなっていう、それはあるよね。だから貿易相手国としていいよね。非常にいいものもらってる。
嬉野：オレだってもらっているけどね。
藤村：オレからするともらってるだけみたいに感じる。

嬉野：やっぱり自分の国の商品の価値はわからないからね。こんなものをそんな高く買ってくれるの!? って。

藤村：みんなが同じものを持っていたら貿易にならないからね。欲しくないもん。

嬉野：だから自分に似た人材を育てたり、探したりしない。

藤村：植民地になっちゃうもんね、それだと。じゃなくて、貿易をしたいわけ。植民地にするよりも。

水曜どうでしょうキャラバンへの異なる流れ

藤村：オレと嬉野さんの違いが最も顕著に出たのは「キャラバンをどうす

るか」っていう話だね。

嬉野：それもありますね。４月の緊急事態宣言に入ってすぐくらいに、ＨＴＢスタッフのグループにＬＩＮＥが来て。あの時は５月か６月に判断を伸ばすっていう話だった。それに対して私は「そんなものは言語道断だから、今すぐキャラバンをやらないということを宣言すべきだ」って言ったんですよね。なんとかウィルスを囲い込みたいから、キャラバンのことを忘れてステイホームに集中すべきだと思っていて、大反対だったわけ。だからグループに投稿したんだけれども、誰からも返信がなくて「そうでもないんだな、みんな」と思って。

藤村：でも、結果キャラバンはなくなったわけでしょ。だからあなたのあの時の危機の察知というものは、当時は非常に個人的な感覚だったけど、正しかったわけですよ。結果としてなくなったわけですから。でもその時にオレの考えは、察知能力がないほうだから、「どうやったらできるかって考えるほうが、前に進めるだろう」と思っていた。

嬉野：その後、結局前倒しで緊急事態宣言が解除されて、感染者数も予想よりも減っていった。そうなると私も「今、キャラバンをやらないと宣言するのは、逆にどうなんだろう……」と疑問に思うようになった。その頃に、上層部はキャラバンの開催は反対って漏れ聞いていたんだけれど、逆に私は、ほかと横並びでキャラバンのようなイベントをやらないっていうのは「理由が弱い」と思うようになった。緊急事態宣言が解除されて「普通」に戻ったという状況で、やらないと宣言するのは、社会へのいいアピールでもないから。なので、オレはそんなに乗り気じゃないけどこれはやるしかないなというふうに考えを変えたんです。その頃から「どうします、藤村さん」と会社に聞かれるたびに「8月の頭に判断をするんだよ」っていう藤村さんの話が自分の中に腑に落ちてくる。本当に状況が日々アップデートされてるわけで、ギリギリの判断のタイミングが8月の頭なんだから、アップデートされてる社会を見て判断するっていうのがたしかに一番理にかなってるのかなと思うようになった。

藤村：それでも、嬉野さんが声高らかに「中止にしよう」って言い出したことは有意義だったと思う。9月に開催されるものを4月の段階で中止にするっていうことはまだほとんどの人がやってなかったから。秋のことなんかまだ誰も考えてなかった。

あの時に、誰よりも先に「キャラバンはやりません。コロナウィルスを鎮めるために家で楽しみましょう」「そのために家でどうでしょうをずっと観ましょうよ」っていう思考になっていれば、たぶんオレも誰よりも早く秋のイベント中止を決めたと思うんだよね。そこにオレの頭が回ってなかったっていうだけの話。でも結果的には中止になったから、あの時のあなたの判断は正しかったんですよ。あなたは社会の動きよりも自分の感覚を信じて発言するから、それが正しいということが往々にしてある。あなたは非常に判断が早かった。

「自分たちの判断をしよう」

世間が動いてから「どうします」「世間はこうですよ」というのでは、自分じゃなくて他人の意見に左右されてるわけだから、その時点ですでに判断は遅くなってるんですよ。だからそうなってしまった以上、日々変化する世間の流れに乗って先のことを決めてしまうんじゃなくて、むしろ判断するタイミングを後に設定することによって、ぼくたちは「自分たちの判断」をすることにしたんだと思います。

嬉野：私も最終的に8月の頭に判断をすればいいっていうところが、理にかなっていると思いました。そこまで判断を伸ばしたからこそ、今の状況がわかった。

そのタイミングで中止の判断をして、それでも例年のようにグッズを販売するお祭りをやりたいというのもある。普通にホームページでグッズを展開するだけでは訴求力がないから、当然なにがしかのイベントもやろうという話になる。でも人を入れるのは厳しい。無理に人を入れて警戒ムードでイベントやるのもうちらしくない感じだし、人を入れないでやるって言った瞬間に気が楽になる。そこで無観客配信の「エアキャラバン」をやるっていう話になったわけじゃないですか。もし4月の段階で中止を決めていれば、エアキャラバンをやろうかっていう蒸し返しはなかったかもしれない。そこまでずーっと眺めてきたからこそ、エアキャラバンでやろうかっていう流れができた。そういう意味では8月の頭まで判断を待ったということがエアキャラバンにつながったと思うんですよね。

「今、どっちが得か？」

藤村：そうやって意見が変わっていくと「藤村さんはやるって言ってたの

になんでいきなり中止にしたの」とか、そういうことも言われたりするんだよね。でも、それこそ他人の感覚というか、周囲の意見に左右されているということだと思う。ぼくらには、「他人の意見に左右されるんじゃなくて状況をちゃんと見て自分の頭で考えようよ」っていうのが必ずある。だから刻一刻と変わる状況に応じて、すぐ意見が変わったりする。

嬉野：藤村さんも私も損する気はないんですよ。

藤村：損する気はない。

嬉野：やるからにはなにがしかの得があるんだと踏むからこそやる。

藤村：そうそう。そこが共通点ではありますね。最初はぼくらの意見も違うところからはじまっていた上に、その意見も、6月くらいになってお互い最初と逆転した。それでも最終的には一致する。なぜなら、二人とも自分の意見に固執してるわけではなく、常に損をしないように動いてるから。オレも嬉野さんも個人の考えとして「この環境

メンツにこだわってはいけない

で得するほうはどっちなんだ」って常に考えてる。そもそも、個人の考えっていうのは完全に一致するものではないわけよ。それでもあえてそこに共通点を見出すとしたら、「今、どっちが得ですか」っていう、そこだけなんだよね。それをわかってくれる人だったら、自分の考えをスッと変えられると思うんだよ。それはオレと嬉野さんの共通点なのよ。でも、みんなはたぶんそうしないんだよ。「やるって言ったのになんでやらなくなっちゃったんですか」となっちゃう。得とか損じゃなくて、自分がかっこ悪いじゃないですかってなっちゃう。「今せっかく進めていて、オレもこれだけ時間を使ったし、やるって言っていろんなスタッフを動かしたんだからオレの立場がないじゃん」になっちゃう。

嬉野：たぶん、日本の文化だね。そうなっちゃうんだよ。「言っちゃったから前言撤回できない」とか、妙にそこにメンツを持っている。結局、自分の体面が悪くなるのが何よりも嫌なんだと思う。多少判断できる余裕が出てくれば、会社に利することをやるという観点で、それまで自分が「ダメだダメだ」って騒いでいたことでも、「やってもいいんじゃないか」くらいは意見を変えてもいいわけじゃないですか。

藤村：そうなんだよ。ほとんどの人はやっぱり「かっこ悪い」とか、そっちにいっちゃうんだよね。

嬉野：そして全員で奈落の底に落ちていくみたいな。われわれが共通しているっていうことは、周りの人間にはわからないのかもしれないね。意見が違うっていうだけで反目しているように見えるんだろうね。

藤村：きっと、二人とも違うことを言ってるけどどうする？って思ってるんだよ。意見が違うのは当たり前なんだよ。意見が違うけど、得するのはどっちだって考えて「たしかにそうだよな」って歩み寄ったり着地点を探るっていうことが、そういう人にはわからないんだよ。

嬉野：そうなんだろうね、きっと。

企画術よりも体質に正直に

嬉野：得かどうかで言うと、感染症が流行っている状況下にあって、どうでしょうハウスや森にこもるみたいな「メリットしかないじゃないか、その企画」みたいなものが思いつくわけじゃないですか。でも、それはいわゆる「企画術」とかではないと思うんですよね。

藤村：そうだね。

嬉野：そういうものが思いつくのは、時々の状況を活かす方法を必死に探っているからじゃないかと思うんだよね。「絶対に何かできることがあるはずだ」っていうふうに前提を置いてしまって、そこからその「何か」を探している。前提ってすごく重要で、前提というものが人間を規定してしまう。だから、そんなものはないんだと思った瞬間にもう探せない。でも藤村さんは前提を「絶対ある」というところからはじめるから辿り着いちゃう。そういう体質の人なんですよ。

藤村：なるほどね。体質。

たぶん、人それぞれ体質っていうものを持っていて、ぼくはそれを隠さずやってるだけなんですよ。それだけの話なんです。体質を隠さずやってる人は、自分と性格や考え方が違っていても、非常にわかりやすいんですよ。「この人はこういう考えでやってるんだ」と思うと、ぜんぜん否定することもなく、「あなたはそうですよね、でも私はこうですよ」で話を進められる。「オレがやってること、嬉野さんはどう思うかな」なんて最初から考えないわけですよ。これは嬉野さんもそうだと思う。帰りの飛行機で「藤村くん、何か言うだろうな」くらいは思うけど、その時の判断としてあなたはもう、「私の選択として帰ります」ということを正直に行動に移してるだけなんだよ。これを、「藤村くんに何か言われるだろうからぼくは収録現場に来ました。あなたのために来ました」になっちゃうと、ぼくは嬉野さんを信用しなくなるんですよ。
嬉野：そんな面倒くさいのはナシだよね。
藤村：でも、そういう人が多いわけじゃない。
嬉野：それは本当に無責任なんだよね。自分で責任を取るっていう時に、「人からこう思われるから」とか「約束したから」みたいなふうに動かれたらたまらないね。そしたら私はその先の人生の面倒まで見なきゃいけないんですかと思っちゃう。
藤村：それはよくわかる。責任を他人に押しつけているのが、いろんな人の善意だと思うんだよね。善意ってきっと他人に押しつけてるんだよね。結局、われわれは善意ではなくて、勝手に自分でやってるだけだから。オレにも嬉野さんにも善意っていう言葉はないんじゃない？
嬉野：善意くらいあるとは思うんだけどさ（笑）。けど、判断基準にはならないね。
藤村：自分の考えを行動に移す時に、そこに他人は居ないと思うんですよ。

行動があって、その後にたぶん、他人っていうものがある。だから4月の段階の嬉野さんの「キャラバンはやらない」っていうメッセージが得だったな、みたいなこともぼくにとっては後からわかる。

嬉野：当然の時間差じゃないですか。個体差が違うわけですから。

藤村：細かすぎるからなかなか表れてこないけど、日常でもたぶんそういうことはやってるんだよね。だから、今回みたいな状況でも、お互い自分の考えで判断して動くことができた。「どっちが得か」というのは、未知のものに当たった時でも対応できる強靭な考え方なんですよね。それをお互いの意見の食い違いの着地点にもできる。最後の判断はそこでするけど、その時に「あなたは私の意見に折れましたね」みたいな感情は一切ない。「どっちが得か」っていうことをシンプルに考えると、ほとんどの物事に着地点はあると思う。それを邪魔するのは、「かっこ悪い」と思うこととかメンツとか、そ れしかないと思うよ。自分が言ったことに他人が屈したら、「ほら

「未知のものへの強靭な考え方」

みろ」っていう感情がみんなあると思うんだよ。けど、「どっちのほうが得ですか」っていうことを真摯に突き詰めていくと、意見を変えることなんて何も恥ずかしいことはない。そんな感じだね。

テレワークでも監視しようとする会社

嬉野：話は変わりますけど、今みたいな状況でも、まだまだテレワークになっていない企業も多いらしいですね。

藤村：テレワークにしたら自分の立場がなくなっちゃう上司とかがいるからじゃないですかね。

逆に、そもそもテレワークできる業務じゃない場合もある。でも、そういう場合でも、テレワークという言葉が流行ってるっていうだけで、テレワークできないような職種や部署の人にも何も考えずに「なんとかテレワークにできないのか」って言ってるおじさんたちとかも居たりする。ちぐはぐだよね。いずれにしてもそういう人たちは相手にしちゃダメ。相手にしてもしょうがない。「この人はわからないんだな」って思うしかない。

嬉野：このあいだ、次に発売するDVDの会議があった日に総務部が別の会議をしてたんですよ。「何の会議してたの?」って聞いたら、「7割ぐらいをテレワークにしてほしいみたいなことを言われたので、いろいろ考えているんです」って。

藤村：なるほど。

嬉野：どうやら、そこでテレワークへの障壁として議論されていることは、「査定をどうするか」とからしいんですよ。

藤村：あはははははは!

疑心暗鬼なテレワーク

嬉野：いや、たぶん、それだけじゃなくていろいろな障壁があって悩んでいるんだけど、一つの議論として社員を評価するのが難しいと。それに、社員もテレワークになると残業ができない。残業が認められないらしいんですよ。それで、お互いちゃんと働いてるのかって疑心暗鬼になってるらしいんですよね。結局、会社が悩んでるのは、「ちゃんと仕事をしてるのか」とか「家でサボってるんじゃないか」っていうことなんですよ。そういうところでしか見てないから、会社に来ないと評価できないって言うんです。

藤村：まじめに「これだと査定がつけられない」って言ってるんだったら、じゃあ定時に出て定時以降に残業してる奴が偉いとしか査定ができていなかったのかっていうことだよね。
オレが聞いた話で言うと、ある部署がテレワークになった時に「テレワーク開始します」っていうのを必ず朝にメールで送らせて、それを全員に発信するんだって。全員が参加しているメーリングリストがあって、「今から業務開始します」っていうのを必ず送ってくださいと。それで、「了解しました。じゃあ今日も頑張ってください」とかっていうのを上司が返信する。定時になると「今日の業務終わりました」っていうメールを送って、「お疲れ様でした」っていうメールが帰ってくる。それが全員のメーリングリストに流れるんだって。すごいなと思いましたよ。

嬉野：それは出勤簿みたいな感じ？

藤村：そうそう。ほとんどの人は裁量労働制なのに。それをやってたらたぶんテレワークっていう概念の本当の意味、わかんねえぞって思いましたけどね（笑）

嬉野：でも、少なからずそういう企業はあるみたいだね。

藤村：出勤時間のあいだ、常にオンラインでカメラをオンにしておかないといけないっていう人もいるらしいですよ。

嬉野：カメラで監視されるとトイレも行きづらいねぇ。

結局それって監視してるだけなんだよね。監視する側とされる側の関係性をどうにか維持しようと思ってる。さすがにテレワークになっても続けるのは難しいと思うんだけどね。

藤村：それだったらむしろ出社したいよ。

嬉野：逆に言えばその映像をずっと見ている役の人が居るわけでしょ。部下は何人も居るだろうから、それをいっぺんに見ている。何だろうね、それは。そんな暇な仕事もないよね。

藤村：なんの生産性もない。今までの会社っていうのは「ちゃんと仕事してればいい」っていう根本が本当にわかってなかったんだな、というのが露呈して笑っちゃうよね。

嬉野：見直すいい機会なんだけどね。

藤村：だからこういう状況になってさあ、これが戦争とかじゃなくてよかったなと思って。同じような状況なんですよね。戦争じゃないから馬鹿な感じの対応でまだこうやって話をしてられるけど、戦争だったらもうどうしようもないよね。打つ手なしだもんね。

嬉野：しかも決して打つ手なしとは言わないもんね。「まだ大丈夫」「まだ負けてません」ってずっと言ってますもん。

藤村：「どうでしょう」では「まだ大丈夫」「打つ手はある」ってずっと言ってる。でもあれは打つ手がなくて、それを笑いに変えられるから言ってるんですよ（笑）

幼稚な働き方はやめよう

藤村：朝10時に「これからはじめます」って言うとかもそうだけど、「会社にこんなに信用されてなかったんだ」っていうことがテレワークで初めてわかったっていう人もいるんじゃないかな。結局、基本的に会社が社員を大人としてあつかってるかどうかだと思うんだよね。

嬉野：大人か。大人ってどう定義する？

藤村：社会と向き合いながら、各個人の考えで行動できているかどうかかな。子どもって、自分個人の考えだけで行動してるわけですよ。だから、おもちゃが欲しかったりお腹が空いたりしたらすぐに泣く。でも、成長するにつれていろいろな場所でルールとかを学んでいって、それだけではダメだよっていうことがわかるわけじゃないですか。「オレは今これを食いたいけどそういうわけにもいかないな」とか、「泣いたってしょうがないな」とか。

そうやってだんだん大人になっていくにつれて、自分の意見とか社会のルールとか、いろんなものを組み合わせて考えた中で「はっきり100％ダメだとは言えないけどよくない可能性がある」みたいな判断の仕方になっていかざるを得ない。そういう複雑な状況の

「労働時間が短い≠サボっている」

中で、常に自分の頭で考えることができるかだと思うんだよね。そう考えれば、会社が10時からってルールを決めたらテレワークであれなんであれ「出勤しました」って報告しないといけない、それがルールなんだからっていうのは、結局子どもと同じあつかいしかしていないっていうことだよね。そこに愕然としちゃう。

もちろん、労働基準法とかできちんと時間を記録しないといけないとか、そういう事情もあると思うよ。でも、じゃあどうして労基法とかで時間をはっきりさせないといけないかっていうと、ブラック企業や過労死という問題が社会にあるからだよね。つまり、法律とか制度で「働かせすぎ」を予防している。

だったら裁量労働制で、出した成果で労働の価値をはかる人たちがテレワークをする時に、「労働時間が短くなっていないか」を上司が監視するのはおかしいと思う。「短い時間で成果を出している」っていうのが「サボっている」という評価になるのはおかしい。

嬉野：そうだね。

藤村：テレワークまでルールでがんじがらめにするのは、社員のことを大人あつかいしていないし、管理する側も大人になれていない。そもそもブラック企業の働き方がいちばん幼稚な働き方だから。人間を人間としてあつかってこなかったから、法律をつくらざるを得なかった。まあ逆に、『水曜どうでしょう』のロケなんかは労基署が入ったら大変だけどね。ずっと撮ってるんだもん。出演者の寝顔まで撮ってる。「これは労働時間ですか」みたいな（笑）

嬉野：眠いっていう男を殴ったりするからね。

藤村：あんなのは絶対ダメだよ（笑）。でも、それは当然、作品づくりに必要なこととしてお互いのコンセンサスがある上でやっている。普通の会社だったら状況とかを見ずに、「大泉さんが寝ていないじゃないか、スタッフは何やってるんだ」ってなると思うんだよね。

嬉野：工場にラインがあってモノを製造するみたいな仕事もあるじゃない

ですか。そういう場合は、たしかに時間をかければかけるほど成果が上がっていく。でも、そういう仕事ばかりでもないわけでしょう。アイデアとか企画を生み出したり、コンテンツをつくる仕事とかは、「8時間考えればOK」っていうわけでもないじゃないですか。いつアイデアが浮かんでくるかわからないし、そもそも一つひとつに「何分、何時間かけました」っていうのはわかりにくい。その前提があまり認識されていないことが、日本が弱くなっていく要因でもある気がするんですよね。

藤村：そうだよね。しかもラインでの作業っていうのはどんどん機械化されていってるわけですからね。昔の感覚からまだ抜け切れていないんでしょうね。

嬉野：そうなんだよね。サボってるとかっていう感覚って、時間をかければ成果が上がるみたいな前提から来ているんじゃない？

藤村：ラインを動かすのに管理職が監視するっていうのは、手作業でモノをつくるような、昔の工場を前提にした考え方だよね。その考えのままテレワークを監視しようとしたりする人に、まともに話をしたってわかんないからね。

嬉野：そもそも監視カメラでわかってる情報なんて、「ここに居る」っていうことだけだもんね。

藤村：そんなの、オレたちだったらいくらでも抜け道を探すよね。

嬉野：探すね（笑）

藤村：「嬉野さん、どのくらいの画角まで映ってますかね」ってバミリをして。そしたら向こうもたまにカメラを動かしてきたりとかね（笑）。でも、そもそもそんなことに時間を使うのが無駄だよね。

「われわれの査定は最低評価ですよ」

嬉野：私もあなたも監視とか盗聴されたら査定悪いですよ。

藤村：あははは！　ぐうの音も出ないぐらいに何もしてないっていう時間が多いですからね。

嬉野：きっと最低評価ですよ。会社の悪口とか言ってるし。

藤村：いや、だけど生産性は高いんですよ（笑）

持ち場の違う人が語らえる居場所

藤村：われわれは以前からリモートワーク的な働き方をずっとしてきましたけど、その中には一見何もしていない時間もあったりする。でも、ぜんぜんそれでいいんですよ。本当に何もしてないかというとそうではなくて、制作やお金儲けのことを常に考えている。それをいちいち出勤簿に判子を押せとか、始業時間にメールを入れろみたいなのは邪魔だとしか思ってなかったんですよ。でも、邪魔だと思っていない人も多いんでしょうね。

嬉野：これって日本だけなんでしょうかね。欧米とかはどうなんでしょう。「今からはじめます」とかってメールしてるんでしょうかね。

藤村：どうなんでしょうね。報道とかニュース番組とかの論調で、「海外はこうやってるけど、これは失敗してる」っていう論調のほうが多いような気がするのは、観てる側が「そうだよね、海外もダメだよね」って安心するからなのかな。それにしても、そういう論調になりすぎだと思うんですよね。いいとか悪いとかではなくて「海外ではこういうふうになっています」とか、比較するための判断材料としてそういう情報を知りたいなと思う。

嬉野：そうだね。

藤村：ネットだけの情報だと、個人が発信してるものが多いので、個人の思い込みとか、結論ありきのものも中にはあるからね。そうじゃなくて客観的な事実を提示してほしいなと思うし、それがテレビや報道の役割なんだと思うんだけどね。

嬉野：海外でどういう対応をしていてどういう成果を出してるのかを報じてほしいんですけど、なかなか報じてくれない。各局こぞって知事の記者会見とか、同じことばっかりやっている。

藤村：知事が記者会見で言うことなんて、既定の情報を事後報告してるようなものだから後から自分でいくらでも調べられるし、たいしたことはないんですよ。そうじゃなくて、海外の何十万人、何百万人も居る違う国や地域で「科学者とか市民がこう考えてこういう対応をしているけれども、客観的に見てこうです」みたいなことを知れるといいなと思う。一つひとつがいいとか悪いとか、そういうことじゃなくて判断材料になる。それをテレビはやるべきなのにね。今まさに全世界の人が同じ境遇に居るわけだから。今こそもうちょっとグローバルに聞きたいなと思う。

あと、われわれは今まさに思ったことをつらつら話してるだけだけど、どういう考えを持ってるかわからない人にはあんまり本音で喋れない空気が今の社会にあるよね。判断材料を得た上で、事情や立場の違う人たちが本音で話をできるような場所がもう少し増えてくるといいかなと思うんだけどね。新しいサイト（「どうで荘」）はそういう思いでつくっているけど、そうやってみんなで、日本がこれからもっとよくなるためにはとか、全員が、ていたらくなことやっててても楽しく暮らせる国にするにはどうすればいいかっていうことを考えていったほうがいいよね。

藤やんは社長にはなれない

嬉野：ＨＴＢもたいへんですからね。

「また名前を出したら叱られそう」

藤村：本当にね。オレも稼げる企画を考えないとって思うよ。
嬉野：赤字イベントとかはできないね。
藤村：ぜひね、取締役になった福屋キャップとかにもね、この泥舟をなんとかしてほしい。「どうでしょう」に出ていた時は、『ハナタレナックス』のプロデューサーだったけど、今やＨＴＢという民放の一つの局を背負って立とうとしてる人ですからね。何とかしてほしい。
嬉野：また、こんなところで名前を出したら叱られそうですけどね。１年でも早くキャップに背負わしてほしい。この先どういうふうになるのか見当もつかないですからね。
藤村：こんなに偉そうに語ってきたのにさ、結局は「キャップがんばって」っていう無責任なことを言っちゃう。オレはオレで楽しくやるからさ、みたいな。
嬉野：キャップを信頼してこそですよ。
藤村：オレは絶対に取締役とかなれないですから、社長なんかもってのほかですよね。でも、ぜんぜん違う企業の社長にはなってみたいですね。あれじゃないですか、サッカーの本田圭佑選手が自分でサッカーチームを持ったりしている。オレ、サッカーチームのCEOとかになりたいなと思ってますよ。

嬉野：それはあり得るんじゃないですか。

藤村：なんかね、J3ぐらいのチームをJ2に上げるくらいのことならできるんじゃないかな。

嬉野：なんか、ジャパネットたかたの髙田さんもそういうのやってましたよね。立派な人じゃないですか。

藤村：すごいですよ。

嬉野：キンキン声でね、最初は「なんだこのオヤジは」っていう嫌悪感しかなかったものが、最終的にはゾッコンになる。あの声に説得力がある。ということは、あの人が常日頃どれだけ物事を考えてるかっていうことですよね。

藤村：高校野球の監督とかもやってみたいね。

嬉野：野球でもいいんですか。

藤村：甲子園はさすがに無理かもしれないけど、地区大会のいいところまでは行けそうな気がするんだよな。そういう欲望ならあるんだけれど、ＨＴＢの社長になれるなんて思わない。

嬉野：それでもキャップに「がんばって」とは言う。

藤村：「キャップ、暗い顔しないで」って言う。

嬉野：「自分の頭で考えろ」って話だったはずなんだけど、結局、他力本願で終わったね。

藤村：みなさんも、キャップに激励のファックスを送ってください。

「藤村さんに宛てた長いＬＩＮＥ」
——あとがきにかえて

このところ、コロナ騒動になってから、いろんな人が、いろんなＳＮＳを使って遠隔で面白いことをやろうとしてｚｏｏｍなどで動画を制作しているようですが、でも、ぼくには、そんなもののどれよりも、あなたが森にこもってやっている動画が一番興味深く、面白く、しっくり来るのです。

もちろんあなたの行動には、家にこもってなどいたくないからという、あなた一流の反発心が根底にありはするのでしょうが、

でも、どうせこもるなら家ではなく森に引きこもろうというあなたの発想の順番は、すでに新作で森に水曜どうでしょうハウスを完成させているから森に入るという、とても自然な流れであり、なんならこの際、その小屋に実際にあなたが住むならば、あの小屋の価値も高めることになるだろう、という、あなた流の気づきもあって、

よし、じゃあ、あの小屋で野鳥を観察しながら暮らしてみようと思い立ち、あの動画を撮りはじめたのでしょうが、

このような無理のない流れの中で動画を撮り進めていくことだけが、その後で生じていく物語をコロナ騒動の渦中での静寂という非常に深いものにしていくのだとぼくは思いました。

そしてこれこそ紛れもなく、これまでの水曜どうでしょうの進め方そのものであったなと思います。

そんなあなたが、森でひとりきりで暮らしはじめる動画を、このコロナ騒動の時代に見ることとは、あたかも無人島に漂着した孤独のロビンソンクルーソーが、空き瓶に託して海に放った手紙を遠い国に暮らす私や多くの人々が距離や時間の隔たりを乗り越えて、偶然に浜辺で拾って読むような、そんな1対1の感覚を与えてくれる不思議な時間を体験させてくれるのです。

つまり、この、森の動画を見る者は、この動画は私だけに向けて送られてきた動画だと思えてしまえるということです。

その感覚を与えるのは、あなたがひとりきりで森で暮らし、あなた以外の人間が誰も登場してこないから。

森にはあなたしか人間はおらず、そんなあなたは夜更の小屋で孤独に語る、でも、そんな孤独な森の生活が、あなたをコロナ禍から安全に遠く離し、あなたは、あなたの好きな野鳥たちと濃密にコミュニケーションをとろうと日々チャレンジを展開させる。

そうやって鳥を餌台に呼び寄せるという作業の中で過ぎてゆく日々の時間の折り節に、あなたは、ぽつりぽつりとコロナ騒動について思うところを独り言のように話したりもする。

そんな時間の中であなたの発言を聞く時、見る者は、今がコロナ禍の時代であることをちゃんと受け取り、でも同時に、あなたが楽しそうに生きていることをも目撃する、そのことから、二つの時間は地続きなのだという事実も受け取るから、見る者は励まされるのだと思います。

なにより私が感心したのは、今は「立ち止まっている時なんだ」ということを、あなたが自覚的に動画の中で語っていたことです。

「今は人類が初めて停滞する時なのだ」と明確に自覚し発信していたのは、この時代、あなただけだったと思って、ぼくはすこぶる感心したのです。

それは森の中だから、なし得たことだったかもしれません。

あなたは、直感で思いつき、森へ分け入り、そこで、「そこがベストの立ち位置だった」ことに気づいた。

あなたはそんなふうに、いつも言葉の前に、行動そのものが深く思想的なのです。

——嬉野雅道

あなたの持ち場から
見た景色

週休3日
宣言

【嬉野さんと緊急事態宣言】

3/30 YouTubeの撮影をすっぽかし大阪から札幌へ帰る

4/7

緊急事態の期間

5/25

7/9 東京で3日過ごす

【あなたと緊急事態宣言】

4/7

緊急事態の期間

5/25

【藤村さんと緊急事態宣言】

4/7

4/13 水曜どうでしょうハウスで野鳥観察をはじめる

緊急事態の期間

5/25

7/5 森暮らしを終える

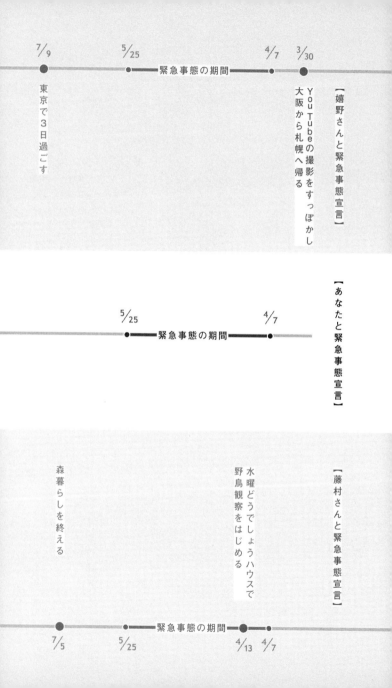

8/21

コーヒーのテイスティングに岡山へ

どうで荘文庫 巻の二

「水曜どうでしょうハウスに
こもって考えたこと」

２０２１年、下巻につづく。

東京の新スタジオからYouTube Live

8/11

藤村忠寿（ふじむら ただひさ）

1965年生まれ、愛知県出身。愛称は「藤やん」。

90年に北海道テレビ放送に入社。

東京支社の編成業務部を経て、95年に本社の制作部に異動。

96年にチーフディレクターとして『水曜どうでしょう』を立ち上げる。番組にはナレーターとしても登場。

大泉洋主演『歓喜の歌』、安田顕主演『ミエルヒ』（ギャラクシー賞テレビ部門優秀賞、文化庁芸術祭賞　テレビ・ドラマ部門優秀賞）など多数のドラマを演出。2019年日本民間放送連盟賞テレビ部門グランプリとなった『チャンネルはそのまま！』では、演出のほか、小倉虎也役で出演している。

ほか、役者としての出演作に映画『猫は抱くもの』（犬童一心監督）、舞台『リ・リ・リストラ』（鈴井貴之演出）など多数。

著作に『けもの道』（KADOKAWA）、『笑ってる場合かヒゲ　水曜どうでしょう的思考』（朝日新聞出版）、嬉野雅道との共著に『人生に悩む人よ 藤やん・うれしーの悩むだけ損！』（KADOKAWA）、『腹を割って話した』（イースト・プレス）『仕事論』（総合法令出版）など。

嬉野雅道（うれしの まさみち）
1959年生まれ。佐賀県出身。愛称は「うれしー」。
『水曜どうでしょう』カメラ担当ディレクター。大泉洋主演『歓喜の歌』ではプロデューサーを務める。安田顕主演『ミエルヒ』では企画、プロデューサーを担当。同ドラマはギャラクシー賞テレビ部門優秀賞、文化庁芸術祭賞　テレビ・ドラマ部門優秀賞など多くの賞を受賞した。HTB開局50周年ドラマ『チャンネルはそのまま！』ではプロデューサーを務めた。
著書に『ひらあやまり』（角川文庫）『ぬかよろこび』（KADOKAWA）、藤村忠寿との共著に『仕事論』(総合法令出版) など。